Le diable en personne

DU MÊME AUTEUR

L'Herbe de la Toussaint, roman, Editions L.M.U.H., 1991.
Un Pays pour grandir, roman, Editions L.M.U.H., 1992.
La Violente Espérance, roman, Editions du Signe, 1993.

Gérard Georges

Le diable en personne

Lucien Souny

A mes amis du Livradois,
pour qui ce pays rude
sait conserver ses secrets.

« Le gros Satan tapait avec son poing sur son immense ventre, d'où sortait alors un long et retentissant cliquetis de métal, qui se terminait en un vague gémissement fait de nombreuses voix humaines. Et il riait, en montrant impudemment ses dents gâtées. »

Charles BAUDELAIRE,
Le Spleen de Paris.

PREMIÈRE PARTIE

LE CHOIX DE FANETTE

« Ma jeunesse ne fut qu'un ténébreux orage,
Traversé çà et là par de brillants soleils ;
Le tonnerre et la pluie ont fait un tel ravage,
Qu'il reste en mon jardin bien peu de fruits vermeils. »

Charles BAUDELAIRE,
Les Fleurs du mal (L'ennemi).

I

Une pluie ténue imbibait les champs et noyait, à l'entour, la herse des sapins.

A la croisée d'un chemin de terre, un panneau indiquait « Espinasse 1,5 km », et le car des transports Rivoyre d'Ambert s'y arrêta. En descendit la jeune femme, cheveux bruns coupés à la garçonne, l'air décidé.

Le car redémarra, laissant dans son sillage une odeur âcre de gasoil. Fanette le regarda un instant se fondre dans la grisaille qui tombait du ciel et s'exhumait en sales effluves de la terre détrempée. Il faisait froid. Un froid piquant de fin octobre, armé d'échardes par centaines, rageur et vif. Aussi se prit-elle à regretter le mol engourdissement où elle s'était plongée durant le trajet, depuis Clermont-Ferrand.

Fanette frissonna. Elle ramena sur sa gorge un pan de gabardine, se baissa pour cramponner la poignée de sa valise et se mit en route. Ce sol de glaise dans lequel elle s'enfonçait, oh oui, pour sûr, elle le reconnaissait ! Il lui disait son enfance à la ferme auprès des vieux parents, les courses à travers bois, et la nature pendant tant d'années oubliée à cause de cette ville qui mange les gens comme un cancer.

Parvenue à un coude du chemin, elle s'arrêta pour aspirer une grande bolée d'air. S'engouffrèrent en elle des fragrances de mousse et de champignons, une myriade de picotements délicieux qui l'obligèrent à fermer les yeux.

Oui, son pays était bien resté le même. Elle l'aurait reconnu entre mille, rien qu'à ces odeurs un peu poisseuses.

Elle repartit. Au-dessus d'elle, deux pies se posèrent sur les branches d'un chêne aux feuilles froissées et jacassèrent horriblement.

— Allez, les mignonnes, fit-elle tout haut. Allez annoncer à ceux du village que je suis de retour.

Ceux du village... Soudain, elle réalisa. Pour de vrai, il s'était sacrément dépeuplé, le vieil Espinasse de son enfance, et le compte était vite fait à présent !

Fanette repassa dans sa tête les décès et les départs pour la ville, elle y comprise, depuis une bonne vingtaine d'années. Ne restaient plus au village que trois habitants : la Germaine Barland — indestructible, celle-là, malgré ses presque soixante-quinze automnes — ; le Léon Tarrit, le sabotier, et puis Gilbert.

Gilbert ! La jeune femme sentit couler en elle une onde froide et, sans en être consciente, accéléra l'allure. Fallait-il, tout de même, qu'il l'eût tant marquée, ce Gilbert Rouchon, pour que, toutes ces années plus tard, elle ne pût penser à lui sans frémir !

Derrière un bosquet de bouleaux, dont les taches jaunes trouaient presque avec violence le gris uniforme du paysage, apparut une bâtisse. Une dizaine de mètres avant d'arriver à sa hauteur, Fanette s'arrêta de nouveau : avait-elle raison de vouloir revenir vivre ici ? N'était-il pas temps encore de faire demi-tour, de se montrer enfin « raisonnable » ?

Raisonnable...

— Sois raisonnable ! lui avait dit Marielle, sa collègue de travail, son amie. On ne peut plus vivre aujourd'hui comme il y a cent ans ! Pense donc : sans eau, sans électricité, t'es pas sortie de l'auberge, ma pauvre Fanette !

Mais, plus têtue que Fanette, ça n'existait pas. Une vraie tétaraude, comme on disait ici, car personne au monde n'aurait pu contrarier ce qu'elle avait décidé.

— Et ton fils, tu y as pensé, à ton fils ? reprenait Marielle.

— Dis donc, c'est quand même pas le pôle Sud, mon pays ! Les collèges, là-bas aussi, ça existe ! Cédric sera interne au collège de Chantelauze. Je le garderai avec moi les fins de semaine et les vacances scolaires, voilà, c'est pas plus compliqué que ça.

D'un pas décidé, Fanette accomplit les derniers mètres qui la séparaient de l'entrée du village. A sa droite, tout près d'un tas de fumier, un coq s'égosilla et elle pensa qu'il lui souhaitait peut-être la bienvenue.

— C'est le coq de la Germaine, se dit-elle. Il a de la voix, comme sa patronne.

Et, un peu plus bas, sur le pas de sa porte, apparut alors une grosse femme ébouriffée, en tablier, chaussettes de laine et sabots.

— Alors, ça y est, te voilà par chez nous ? fit la vieille.

Sans laisser à Fanette le temps d'esquisser une réponse, elle enchaîna :

— Il me semblait bien que tu ne tarderais guère. Le car passe à onze heures et quart au chemin. Ma foi, t'as pas traîné pour finir d'arriver.

Fanette sourit. Pour de vrai, elle n'avait guère changé, la Germaine. Tout juste un peu vieilli, sans doute. Et puis forci, également, la hanche épaisse, la fesse généreuse et la mamelle tombante.

— Allez, rentre donc te mettre au chaud, reprit la vieille. C'est pas un temps à rester dehors trop longtemps. La mort, faut pas chercher à l'attraper quand on peut l'éviter.

Le fourneau dégageait une bonne chaleur où se devinaient des senteurs de raves, de poireaux et de pommes de terre.

— Tu mangeras bien la soupe avec moi ? fit la Germaine en déplaçant de quelques centimètres sur les plaques de fonte la grosse marmite odorante.

— Vous croyez, Germaine ?

— Dame ! ça va être tantôt midi. Tu vas quand même pas te mettre à faire la cuisine à peine arrivée.

Fanette s'assit à la grande table en bois brut du centre de la pièce. Son regard erra du fourneau au buffet, s'attachant à de petits détails, comme cette bosse minuscule sur la grosse casserole pendue au mur et qui existait déjà — elle l'aurait juré — lorsque, petite fille, elle venait jouer avec François, le fils de la Germaine et du Pierre Barland.

— Rien n'a changé ici, dit Fanette.

Les yeux de la vieille femme semblèrent tout à coup s'embuer.

— Rien ne change, et pourtant tout meurt, fit-elle en fixant avec obstination la pointe de ses sabots. Vois donc ce qui reste du village aujourd'hui. Des ruines, rien que des ruines.

Dans le silence qui tomba après ces graves paroles, Fanette entendit tinter à l'étable toute proche la chaîne des vaches. Elle dit, pour rompre le malaise :

— Vous avez encore du bétail, Germaine ?

— Du bétail... Une vache et une chèvre, si t'appelles ça du bétail, alors oui, on peut le dire.

Elle remua encore la soupière sur la fonte du fourneau, et Fanette crut distinguer que ses mains usées et toutes fripées tremblaient légèrement.

— Ah ! c'est pas comme dans le temps, reprit la Germaine. Avec le Pierre, on a eu jusqu'à douze vaches. Tu t'en rappelles sans doute ?

Si elle s'en rappelait ! Elle accompagnait souvent François, son « amoureux », comme aimait à la taquiner le Pierre, et tous deux menaient le troupeau à la pâture, près du bois du Merle. Parfois, sur leur passage, ou bien encore sortant à l'improviste d'un buisson, apparaissait Gilbert, figure sombre, sorte de loup solitaire que, toute petite déjà, elle ne croisait pas sans crainte. Il regardait Fanette d'une étrange façon de ses yeux ardoise qu'ombraient de longs cils noirs, et un rictus se dessinait à la commissure de ses lèvres.

— Et Gilbert, toujours aussi cinglé ? fit Fanette en réprimant avec difficulté un frisson.

— Oh ! le Gilbert, tu sais...

La Germaine serra les poings, tourna le dos, souleva les plaques du fourneau, y enfourna une bûche de fayard.

— Si encore il se contentait de ses chèvres...

Et puis, après un autre silence :

— Allez, Fanette, rends-toi utile, mets donc la table.

Deux coups brefs à la porte firent soudain se retourner les feux femmes, et le museau strié de couperose du vieux Léon Tarrit s'encadra dans l'entrée.

— Léon ! cria Fanette. Ma parole, vous avez rajeuni !

Le sabotier souleva sa casquette. Des copeaux étaient restés accrochés sur la neige éparse des cheveux. Il sourit.

— Sacrebleu ! T'es bien toujours aussi enjôleuse, la Fanette ! Mais faut reconnaître que j'suis ben content de te revoir par chez nous.

Et il expliqua que, ce matin, il avait rallumé le feu à la ferme Tourlonias, les grands-parents maternels de Fanette. C'est cette maison qu'elle habiterait désormais, puisque celle du père et de la mère, là où elle avait passé son enfance, s'était écroulée voilà deux hivers. Alors, ça ne serait pas facile. Pas d'électricité, pas davantage d'eau courante dans cette vieille bicoque inoccupée depuis des décennies. Mais ça ne faisait rien, elle y arriverait. Il fallait qu'elle y arrive.

— T'en fais pas, va, je t'ai coupé une bonne réserve de bûches de châtaignier. T'en auras pour pas mal de semaines si t'y gaspilles pas.

Le brave Léon ! Toujours porté de bons services, celui-là ! Oh ! oui ! quelle chance inestimable de l'avoir pour voisin ! Ça n'était pas comme...

— Bon, fit le vieux sabotier, je me sauve à présent. Je vous laisse manger votre soupe. Allez, ménagez-vous.

Fanette finit de dresser la table et les deux femmes s'installèrent.

— Quelle idée t'as donc eue de vouloir revenir au pays ? commença la Germaine en servant copieusement Fanette.

Elle continua :

— La plupart des gens n'ont qu'une pensée en tête, c'est partir d'ici pour aller à la ville, et toi, tu fais juste le contraire.

— Vous savez bien, Germaine, que j'ai jamais fait les choses comme tout le monde, dit Fanette en riant.

Elle redevint soudain sérieuse :

— Non, trêve de plaisanteries. Je ne pouvais plus vivre à Clermont. La ville, ça pourrit les gens. Ça ne les rend pas méchants, mais, ce qui est pire encore, ça les rend indifférents. Et puis, Cédric, je ne pouvais plus m'en occuper avec ce satané travail au *Mammouth,* et il aurait fini par avoir de mauvaises fréquentations.

Elle parut réfléchir un instant avant de dire :

— Tout ira mieux ici. J'en suis persuadée.

La soupe de légumes fut bien vite avalée. En lui remplissant de nouveau son assiette, la Germaine remarqua en riant :

— Eh ben, dis donc, le retour au pays, ça te met en appétit, à ce qu'on dirait !

— Si vous saviez, Germaine, ça fait un bout de temps que je n'ai pas mangé de soupe aussi bonne ! C'est tellement meilleur que les potages en sachets qu'on achète au *Mammouth* ! Et puis, ça me rappelle mon enfance, la soupe que ma mère faisait.

— C'était le bon temps, ajouta à voix basse la Germaine. Oui, pour sûr, c'était le bon temps.

Elle se racla la gorge, parut hésiter.

— Maintenant, c'est plus pareil. Jusqu'au François qui veut que je m'en aille. Et sa femme, la Jacqueline, tiens donc. De la belle engeance, celle-là ! Tu sais pas la dernière qu'elle a inventée, ma bru ? Non ?... Eh bien, figure-toi qu'elle a voulu m'enfermer à la maison de retraite de Cunlhat ! Tu te rends compte ?

Les joues de la Germaine s'étaient colorées ; une mèche blanche lui tombait sur l'œil droit et lui donnait un air féroce.

— Mais elle a beau être professeuse, la Jacqueline, c'est pas elle qui commandera dans ma maison. T'es pas d'accord avec moi ?

Quand Fanette sortit de chez la Germaine, des billes de grésil couraient à l'horizontale en suivant l'unique rue du village. Elle courba l'échine et remonta son col. A main droite, la mare fumait d'une sorte de halo glauque isolant plus encore une vieille bâtisse en ruine qui la surplombait.

Après la ferme de la Germaine Barland était celle des parents de Fanette. Enfin, ce qu'il en restait : un toit effondré, de mauvaises herbes, deux ou trois noisetiers qui avaient poussé sur les combles. Elle s'arrêta pour mesurer l'ampleur des dégâts, regrettant amèrement de n'avoir pas daigné se déplacer à l'époque où la maison avait commencé à se dégrader.

« Si tu ne te décides pas à faire des réparations, lui avait alors écrit la Germaine, attends-toi au pire, ma fille. » Oui, au pire... Et aujourd'hui, elle était là, un peu bête et désarmée devant cette catastrophe qu'elle aurait peut-être pu éviter. Mais que lui importait Espinasse, à ce moment-là de sa vie ? N'avait-elle pas d'autres chats à fouetter depuis l'accident de son mari, la lente agonie, ce coma profond qui avait duré des semaines et des semaines ? Et en plus, Cédric qui cherchait partout son papa ! Alors, fallait-il penser à des choses bien secondaires en regard de ce drame ?

Fanette sortit de son rêve et se retrouva devant la maison en ruine. Elle reprit sa marche. A dix pas, sur sa gauche, surgit soudain l'antre de Gilbert Rouchon : quatre murs en pisé, au premier étage deux fenêtres béantes sur l'hiver, le reste hermétiquement clos, une toiture rafistolée, c'était tout.

Elle se figea, comme envoûtée, devant la masure. Lorsqu'elle était petite fille, déjà, tout en redoutant que Gilbert ne pointât sa figure boucanée derrière les rideaux jaunis ou à la porte de grange, elle demeurait ainsi, paralysée, de longues minutes, à ne plus savoir comment faire pour bouger, pour avancer un pied, s'en aller, s'en aller... Oui, c'était ça, il devait être un peu sorcier, il avait dû lui jeter un sort. Peut-être était-ce le diable en personne...

— Ho ! Fanette ! Reste pas plantée comme ça !

Elle sursauta. Le vieux Léon Tarrit lui souriait de ses chicots couleur tabac.

— Allez, fais voir que je te porte ta valise.

Il avança à sa rencontre après avoir fermé son atelier. Il tenait une grosse clé un peu rouillée dans sa main droite.

— Tiens, prends donc la clé de ta maison. Hier au soir, je t'ai posé une autre serrure, tu te sentiras plus chez toi. Et aussi, c'est plus sûr, par les temps qui courent.

En prononçant ces paroles — Fanette en était sûre —, Léon avait regardé de l'autre côté du chemin, vers le taudis de Gilbert Rouchon.

Ils traversèrent le petit pont sur la Faye. Le ruisseau coulait clairet au travers d'un friselis de dernières feuilles.

— Jamais la camionnette de déménagement ne passera là-dessus ! dit-elle en constatant l'étroitesse du pont.

Gilles Plancard, le mari de Marielle, son amie, lui avait proposé de lui transporter ses meubles dans son Estafette. Elle n'en avait pas tant que ça dans son petit deux-pièces clermontois, et un seul voyage suffirait.

— C'est à quand qu'ils amènent tes affaires ? demanda Léon.

— Demain samedi. Mais c'est sûr, reprit-elle, jamais la camionnette ne passera sur le pont.

Tout de suite après le ruisseau, le dominant par son jardin en friche, l'école aux volets clos, que fouaillait le vent, attendait on ne sait quoi.

— Et dire qu'on a été plus de vingt ici autrefois ! Ça faisait du bruit dans la cour de récréation !

— Et de l'animation au village, compléta Léon.

Face à l'école, discrète, toute menue, elle était là, ultime maison du village sur la route des bois, la ferme des grands-parents Tourlonias que Fanette allait habiter. La clé actionna le pêne dans la serrure, la porte grinça sur ses charnières.

— Va falloir que j'y mette de l'huile, constata Léon en riant.

Fanettc entra, posa sa valise et, du regard, fit le tour de la pièce. Ses yeux s'embuèrent, mais elle ne prit pas la peine de ravaler ses larmes.

— Merci, dit-elle simplement à Léon qui, pour ne pas la voir, remettait une bûche de châtaignier dans la cheminée.

— Allez, va falloir que je m'en retourne, fit-il brusquement. De toute façon, si t'as besoin, tu sais où me trouver.

Restée seule, Fanette étendit ses mains sur la flambée de l'âtre. La chaleur s'était répandue partout dans la grande cuisine ; le sabotier avait bien fait les choses.

Dans la lueur qui filtrait de l'extérieur par la petite fenêtre aux vitres grisées de toiles d'araignées, elle put constater que la neige, en gros flocons épars, avait remplacé le fin grésil. Elle avança. Du côté du bois du Merle, vers le nord, un rideau blanc commençait à prendre corps, et là, tout près, dans la cour, des duvets papillonnaient avant d'atterrir et se fondre dans la terre détrempée.

— Ça sera blanc avant la nuit, pensa-t-elle tout haut, et dans la pièce vide, sa voix sonna étrangement.

Fanette avait l'impression de retrouver un véritable hiver. Certes, il neigeait aussi à Clermont, et d'ailleurs les gens pestaient assez à cause des difficultés de circulation. Mais là-bas, à la ville, la neige était sale ; on s'appliquait à la faire fondre ou à l'enlever le plus vite possible. Ici, rien n'était comparable, et la couverture immaculée pouvait parfois subsister des mois et des mois en isolant les habitants de tout le reste du monde.

Elle revint vers la cheminée, où craquaient fort les bûches de châtaignier, et se débarrassa de sa gabardine. Gilles Plancard pourrait-il, demain, lui transporter ses cartons et ses meubles ? Sans doute y aurait-il trop de neige sur les routes, et il lui serait impossible de rouler. Et Cédric qui devait venir avec lui ! Il avait même été convenu qu'elle irait présenter son fils dès ce samedi au principal du collège de Chantelauze. Ce serait partie remise.

Fanette ouvrit la porte de la chambre, et tout de suite une chape glaciale lui tomba sur les épaules. Elle avança tout de même. La Germaine avait pris la peine de faire son lit, le vieux lit des grands-parents Tourlonias, celui où ils avaient engendré leur fille Thérèse, la mère de Fanette, celui où tous deux étaient morts.

Sur la table de nuit trônait encore la photo du jour de leurs noces, et la jeune femme s'attarda un instant devant le cliché jauni dont le papier gondolait. Dans les traits de sa grand-mère, un peu garçonne, Fanette se retrouvait. Dans le regard, aussi : une sorte de farouche résolution qu'on devinait à une petite lueur dans la pupille, ténue, presque invisible.

Elle se retourna soudain. Oui, elle en était sûre, une ombre était passée par la minuscule fenêtre où le jour s'insinuait à grand peine. Quelqu'un l'avait observée, s'était délecté au spectacle qu'elle offrait. Elle ouvrit les battants, se pencha au dehors. Rien... Rien que le froid et le vent qui poussait son charroi de flocons formant un réseau dense qui cachait, en amont, le col du Béal et le sommet de Pierre-sur-Haute.

— Allons, se dit-elle, j'aurai rêvé. Il n'y a personne.

Elle ferma pourtant les volets de bois de la chambre. Ils joignaient mal et elle eut de la peine à les bloquer. Dans le noir, elle comprit soudain qu'il lui faudrait se soucier, avant que la nuit tombe, d'aller chercher des bougies.

Fanette ouvrit sa valise et déposa le contenu sur le bois rugueux de la table. Mis à part les affaires de toilette et un minimum de linge de rechange, elle n'avait pas emporté grand-chose. A vrai dire, la quasi-totalité de ses habits se trouvait emballée dans des cartons, dans son appartement clermontois.

Basta ! Il serait bien temps demain de savoir comment faire.

Dans l'immédiat, elle sortit de la valise une photographie en noir et blanc, pliée entre deux serviettes. Elle représentait Jacques Brel, les yeux levés, dégoulinant de transpiration, les cheveux collés sur son front. Au bas, cette légende : *La dernière de Brel à l'Olympia.* Alors, elle fredonna une chanson qui s'appelait *La Fanette.* A ce moment-là, dans une grande agression de couleurs vives, une vague de souvenirs monta en elle...

II

Toute petite, déjà, Fanette avait montré un goût prononcé pour la liberté. Ce besoin avait empiré au fils des ans. Partout, elle aimait courir dans les bois, rechercher les champignons ou observer les nichées dans les arbres.

— Une vraie sauvageonne, ma parole ! se lamentait la Thérèse, sa mère. Ferait mieux de travailler comme il faut à l'école plutôt que de courir par monts et par vaux !

Joseph Chassaing, son mari, se contentait de hocher la tête. Jamais il n'aurait osé la contrarier.

Les Chassaing étaient déjà âgés, surtout Joseph, quand ils avaient eu Fanette.

— La machine veut pas marcher, se désolait la Thérèse au tout début de son mariage.

Et puis, les années défilant, elle avait fini par croire que son ventre demeurerait stérile. Cela venait peut-être d'elle. A moins que le Joseph, qui avait quinze ans de plus qu'elle, ne fût pas de bonne semence. Alors, la quarantaine dépassée, elle s'était résignée, disant à qui voulait l'entendre qu'à présent le moule était cassé.

Mais un jour — on ne savait par quelle opération du Saint-Esprit —, Fanette était arrivée. Ah ! Sainte Vierge ! ce qu'elle avait pu brailler dans ses langes, la Fanette ! C'est que la drôlesse, déjà, voulait n'en faire qu'à sa tête. Et dès qu'elle avait su marcher, aïe ! aïe ! aïe !

Bref, Fanette, sa vie, c'était la campagne, les champs, les bois, les petits oiseaux, et surtout pas l'école où les enfants étaient parqués, alignés, classés du meilleur au plus cancre, du plus docile au loup le plus sauvage. Et comme Fanette faisait partie de la seconde catégorie, vous pensez si ça se passait bien !

Ça se passait mieux, assurément, quand elle partait garder les vaches. Seule, ou avec François Barland, le fils de la Germaine et du Pierre. Le Pierre se moquait gentiment d'eux en disant :

— Allez les amoureux, et soyez sages, surtout !

Parfois, ils croisaient, guidant ses moutons et ses chèvres, l'air toujours sombre, la figure sale et hirsute, ce diable de Gilbert qui vivait seul dans son antre avec une vieille mère qu'on ne voyait jamais et qu'on disait un peu sorcière. Et il avait une façon de regarder les gens, ce grand jeune homme dont on murmurait, en prenant garde qu'il ne fût point dans les parages, qu'il biquait ses brebis et ses chèvres. Fanette se demandait bien d'ailleurs ce que tout cela signifiait. Etait-ce donc une tare pour qu'on en parlât ainsi à voix basse ?

Un jour de septembre, alors qu'elle s'empiffrait de mûres en se griffant les mollets à un roncier, elle sentit une présence derrière elle. Elle se retourna vivement, et quelle ne fut pas sa surprise de découvrir Gilbert, l'œil noir, le sourire mauvais, une bave blanchâtre lui dégoulinant sur le menton. Elle se sauva le plus vite qu'elle put et s'enferma chez elle où le Joseph s'en gratta le front sous la casquette de la voir rentrer si tôt. Ensuite, elle passa des semaines et des mois à faire des cauchemars, à avoir la vision de ce noiraud qu'elle imaginait en train d'embrasser ses chèvres sur la barbiche et ses brebis sur le museau, de courir après elle en criant comme un forcené.

Un matin de grand froid, on trouva le père Joseph raide mort dans une remise. Il était allongé sur le dos, bouche, jambes et bras ouverts. La casquette, qu'il ne quittait jamais, gisait à deux mètres de lui, sur la terre battue. C'était, après Donatien Tourlonias, son grand-père, décédé il y avait cinq ans, le deuxième mort que Fanette voyait. On était en 1966, elle avait tout juste dix ans et elle éprouva de la peine.

— Tu viendras habiter avec nous, à présent que mon pauvre homme est parti, dit Thérèse Chassaing à sa mère, Geneviève Tourlonias.

Fanette, c'était le portrait tout craché de sa mémé Geneviève, mince femme à la peau mate, longue comme une rame, et qui avait attendu la cinquantaine avant de voir sa toison noire parsemée de quelques cheveux blancs. Elle était née sur le versant oriental de la montagne, du côté de la Loire, et le patois qu'elle employait encore en souvenir de son Forez sonnait bizarrement en ce pays d'Auvergne.

Et vous parlez d'une têtue, la mémé Geneviève ! Ainsi, pas question qu'on installe l'électricité chez elle. Et pour l'eau, il n'y avait qu'à descendre à la Faye, le ruisseau coulant devant sa maison.

— L'eau, ça se met pas dans les tuyaux ! Faut que ça respire, faut que ça chante. Allez, laissez-moi en paix avec vos robinets et votre tricité, qui sont des inventions de Satan.

Elle se signait deux ou trois fois de suite et parlait d'autre chose. Mais, pour ce qui était d'aller vivre chez sa fille et sa petite-fille, alors là, elle voulait bien, elle n'y voyait pas d'inconvénient, et en plus, ça économiserait son bois de chauffage.

Geneviève Tourlonias rapatria donc sur la ferme Chassaing ses deux vaches, sa chèvre, son cochon et son chien. Elle s'installa à demeure près du fourneau, où elle passait ses journées à tricoter ou repriser des chaussettes.

Fanette grandissait. En 1968, l'année de ses douze ans, trois événements la marquèrent.

Le premier survint un après-midi de fin d'hiver, quand elle crut qu'elle allait mourir, se vider de tout son sang qui coulait d'abondance de son ventre douloureux. Sa mère et sa grand-mère rirent beaucoup de sa mésaventure et elle leur en voulut un brin.

Le second fut plutôt agréable. Mai déployait ses couleurs et ses senteurs capiteuses sur les rondeurs des bois tandis que les feuillages neufs bruissaient de chants d'oiseaux et que l'école du village gardait closes ses portes. On parlait de révolution, ça se passait loin, là-bas, du côté de Paris, où s'élevaient des barricades et s'arrachaient des pavés. Quel lien existait-il entre cette révolte et la fermeture de son école ? A dire le vrai, Fanette n'en avait pas une parcelle d'idée. Tout ce qu'elle comprenait, c'est qu'elle était en vacances et pouvait s'allonger des heures et des heures sur la mousse ou dans l'herbe à ne rien faire que regarder le ciel. Bien sûr, à son gré, l'épisode dura trop peu, et bientôt le jeune instituteur révolutionnaire, qui lui faisait la classe, reprit du service et laissa pousser ses cheveux et sa barbe.

Le troisième événement la marqua plus que tout. On venait de passer Toussaint ; il faisait froid, Fanette s'ennuyait depuis la rentrée scolaire où elle avait été admise comme interne au collège de Chantelauze. Elle y partait le lundi matin de bonne heure et ne rappliquait chez elle que le samedi après-midi. Oh ! la longue attente loin de ses bois !

Cette semaine-là, donc, elle s'en était allée, le noir à l'âme, du côté du chef-lieu de canton. Comme à chaque fois, la mémé Geneviève lui avait adressé un dernier petit signe derrière ses carreaux avant de se remettre à ses chaussettes. Mais le samedi, à son retour, la grand-mère n'était plus là. Morte et enterrée, la mémé. Fanette accepta mal qu'on l'eût tenue loin de tout ça, dans son collège, à Chantelauze.

Sa vie à l'internat la désolait et, parce qu'elle s'ennuyait, elle travaillait mal en classe, se faisant souvent punir par ses professeurs ou par le directeur, un grand homme sec, déjà d'un certain âge. Il avait convoqué sa mère dans son bureau.

— Madame Chassaing, lui avait-il dit sur un ton sentencieux, je tiens à vous prévenir que votre fille ne fait strictement plus rien. Ça ne peut plus durer ! Il va falloir prendre des mesures !

Mais que pouvaient les sanctions sur une tétaraude comme Fanette ? Elle était tellement au-dessus de tout ça...

Les fins de semaines et les vacances la voyaient courir du matin jusqu'au soir, comme si elle avait voulu rattraper le temps perdu au collège. Sa seule angoisse était de rencontrer Gilbert, de plus en plus noir et sale depuis le décès de sa vieille sorcière de mère. Sous sa longue toison de barbe brune qui lui mangeait la figure, on ne lui distinguait plus que les deux lueurs fauves des yeux que traversaient parfois des fulgurances d'éclairs.

On disait à présent qu'il traînait seul la nuit sur les hautes chaumes, toutes dégoulinantes de la lumière cendrée de la lune. Il grimpait vers le col du Béal, empruntait le sentier muletier jusqu'à Pierre-sur-Haute. Près du sommet, une croix en fer forgé portait cette inscription :

« Passant vers cette pierre,
Au pied de cette croix,
Fais un mot de prière,
Dieu entendra ta voix. »

Mais le Gilbert récitait, quant à lui, de drôles d'autres prières ! Quelqu'un l'avait vu se déculotter à ce même endroit, et s'y accoupler à une chèvre maléfique qui l'avait accompagné pendant toute la grimpée. La montagne avait retenti de leurs râles de plaisir et, pour finir, un grand rire, issu des entrailles de la terre sans doute, avait couché les herbes à l'entour et fait fondre les dernières traces de neige dans les creux.

Mais que ne disait-on pas à propos de Gilbert Rouchon ? Fanette en était toute tremblante dans sa vieille maison aux volets clos, qu'à la tombée de la nuit, le vent coulis attaquait sans relâche de sa serpe affûtée. La mère tricotait près du feu. Souvent, la Germaine et le Pierre Barland venaient leur tenir compagnie avec François, leur fils, qui jouait au plus fort et prétendait sans vergogne :

— Peuh ! moi, il me fait pas peur, le Gilbert Rouchon. Tout ce que vous dites, c'est rien que des histoires de bonnes femmes qui feraient mieux de tourner sept fois leur langue dans leur bouche.

François était devenu un grand jeune homme de seize ans au teint rougeaud des gens de la campagne, aux grosses mains un peu bêtes à force de pendre comme ça, de chaque côté de son corps dégingandé. Il avait pris une sacrée grande gueule, râlant à tout propos, se moquant de tout un chacun, s'estimant le plus costaud, le plus intelligent. Bref, le plus !

— Fais bien ton malin, lui dit une fois Fanette. On te verra à l'œuvre un jour en face de lui !

Pendant huit mois, Gilbert disparut de la circulation. Qu'était-il devenu ? Etait-il mort, tout seul, dans un trou ? Avait il changé de terrain de manœuvres pour s'en aller en d'autres contrées accomplir ses méfaits ?

Au village, on avait fini par se faire une raison : ce personnage diabolique avait dû être entraîné aux enfers par son patron Lucifer et devait sans doute rôtir en compagnie des damnés de son espèce. Alors, quand un soir de novembre, entre chien et loup, il réapparut à l'entrée du village et passa, fier, devant la maison de la Germaine, chacun crut que le maître des ténèbres jouait une fois de plus un tour à sa façon. Ça n'était pourtant ni une farce ni une illusion. Mais qu'il avait vieilli, Gilbert ! Lui, de poils si noirs, quelle tête chenue à présent ! Les cheveux, la barbe avaient blanchi à un point ! Et en si peu de temps, surtout !

De ce jour, il vécut de rapines, reprit deux chèvres, un bouc et trois moutons. Il disparaissait cinq jours, réapparaissait soudain, faisait peur aux enfants rien qu'en les regardant d'une certaine façon. On était bien forcé, pourtant, d'avoir à faire avec lui, car son bouc était de bonne semence, et cela évitait d'aller trop loin pour régénérer la race caprine. Mais plus d'un homme se laissa prier par sa patronne pour amener la chèvre à l'étable de Gilbert. Et encore, évitait-on soigneusement qu'il fît trop sombre ; on ne savait jamais avec cette graine de démon...

Fanette était devenue une belle adolescente. La poitrine ferme, la hanche arrondie et l'œil malicieux aimantaient plus d'un regard mâle à Chantelauze, parmi les grands de son collège. Mais, toujours sauvageonne dans l'âme, elle ne se laissait point trop approcher, et deux ou trois garçons pouvaient dire en connaissance de cause qu'elle avait la main leste en certaines occasions.

Comme elle refusait toujours de travailler et que ses résultats scolaires étaient en permanence au plus bas, le directeur l'avait affectée en classe pratique. Là, on lui prodiguait des cours de cuisine et de couture, et surtout, pour son bonheur, elle avait moins d'heures en français et mathématiques.

« Aurait pu bien faire, si elle avait voulu accomplir quelques efforts » : voilà l'appréciation qui, chaque trimestre, revenait sur le tapis. Mais, au diable les jugements des professeurs ! Elle subissait les remontrances et n'en avait cure, se disant, après tout, que quand les gens ont assez crié, eh bien, ils s'arrêtent. De toute façon, ça glissait sur elle comme l'eau clairette de la Faye.

Elle eut seize ans, commença de sortir, fréquenta les bals du samedi soir et les fêtes foraines. Elle aimait les autos tamponneuses, mais la chenille avait ses faveurs. La tête renversée, elle se grisait de vitesse, se laissait gagner par le vertige, fermait les yeux tandis qu'un sourire pervers se dessinait sur ses lèvres : le monde n'existait plus, elle avait atteint le point d'où l'on ne voudrait jamais revenir.

Ce fut aussi l'époque où elle collectionna les amoureux. Oh ! bien sûr, farouche comme jamais, elle savait bien la limite à ne pas dépasser, mais elle s'amusait comme une folle à défier le danger et observer la montée du désir chez son partenaire qu'au moment crucial elle repoussait et renvoyait à ses chères études sur la gent féminine.

La nature, son village d'Eopinasse : là était sa vraie vie. Le reste, tout le reste, n'était qu'enfantillage, histoire de se passer le temps et de goûter davantage, au retour, ses courses à travers bois.

Novembre 1973 : François Barland, le fils du Pierre et de la Germaine, se maria. Il épousait une certaine Jacqueline, une de la ville, et qui faisait des études, à ce qu'il paraissait. Oh ! oui, elle aurait une bonne situation, cette Jacqueline. Le François avait bien choisi. Lui-même n'avait point trop mal marché à l'école et, son diplôme technique en poche, une fois débarrassé de ses obligations militaires, il pourrait se débrouiller dans la vie.

Fanette fut invitée aux épousailles. Une belle fête, en vérité, où l'on dansa une partie de la nuit dans la grange des Barland au son de l'accordéon du Pierre qui poussait aussi la romance. Ma foi, Jacqueline était bien aguichante. Un peu pincée, peut-être. Toujours est-il — c'est du moins ce que pensa Fanette — que François avait intérêt à profiter de sa noce, car il risquait de ne plus l'être, à la noce, le reste de son âge.

Dans la soirée, Fanette, qui avait tourné valse sur valse, sortit un instant dans la cour pour prendre le frais. La nuit était claire, la lumière des étoiles cristallisée par la gelée. Sur sa peau, la sueur qui collait à son corsage se glaça en diffusant un long frisson. Elle s'apprêtait à rentrer quand, sur sa gauche, elle perçut une respiration.

L'odeur du bouc, l'écœurante et forte senteur du plus lubrique des animaux de la ferme. Oui, elle le savait, Gilbert était là qui dardait sur elle ses désirs les plus fous.

Une main de feu se referma sur sa bouche, l'empêchant de crier. Une autre fouaillait avec fièvre dans l'échancrure de son corsage, lui pétrissant les seins comme une pâte. Et ce souffle dans son cou, ce vent qui levait des tempêtes au plus profond de son corps et la laissait pantelante, offerte, soumise. Elle eut aussi un cri qu'elle ne jugula pas. Gilbert la retourna, la plaqua contre lui. A coups de reins sauvages, il lui assenait la violence de son plaisir qu'il ne put qu'assouvir dans le vide, maculant la jupe de Fanette dans un dernier son rauque de désespoir. Puis il s'enfonça dans la nuit noire et Fanette sortit de son rêve comme on revient à la surface de l'eau après une longue période en apnée.

Une fois encore, mystérieusement, Gilbert Rouchon disparut du village. Un mois, deux mois passèrent, et Fanette gardait en elle le souvenir de ce fauve qui l'avait contrainte au soir des noces de son ami François. Un chemineau, qui passait chaque année à Espinasse, parla d'un mauvais coup dans lequel Gilbert se serait trouvé mêlé. Il y aurait eu fusillade, des blessés, certains grièvement atteints, peut-être même des morts. On n'en savait pas davantage.

Fanette avait quitté l'école. Aucun diplôme en poche, mais tel n'était pas son principal souci. Souvent, elle allait rendre visite à Léon, le sabotier, qu'elle regardait travailler des après-midi entiers dans son atelier. A l'herminette, il donnait grosso modo sa forme au rondin de noyer, puis il continuait au paroir. Le bois crissait sous la lame, s'enroulait en spirale et jonchait le sol de terre battue.

— Tu vois, petite, disait parfois Léon, dans vingt ans, il n'y aura plus de sabotier, et les sabots et leurs outils seront des pièces de musée.

Satisfait de la forme dégrossie de son ouvrage, il commençait alors le perçage à la tarière à vis et parachevait à la cuiller, au racloir, à la rainette.

Fanette était émerveillée par son savoir-faire, mais le plus remarquable, c'était quand Léon, assis sur un trépied, devenait sculpteur. A ce moment-là, il était véritablement un artiste, et sa grosse main toute couturée de vieilles blessures était un peu magicienne, elle qui donnait vie à des formes si fabuleuses, des fleurs, des arabesques, des rubans de dentelle.

Léon Tarrit avait été marié. Mais, l'Antonine, sa femme, avait l'habitude de lever un peu trop haut les sabots qu'il s'échinait, lui, à fabriquer. Toujours est-il qu'un jour du printemps de 1948, elle s'était envolée, déchaussant ses éclots au profit de bottes de sept lieues sans doute.

Léon s'était pris d'affection pour Fanette, qu'il avait vue toute petite.

— Tu es presque en âge de te marier à présent, lui disait-il avec un petit air malicieux.

— Me marier ? Vous n'y êtes plus, Léon !

La figure du sabotier redevenait soudain plus grave.

— Oui, t'as raison. Faut réfléchir à deux fois avant de se marier. Mais quand on est jeune, on sait pas. Alors, ça joue des tours...

La vie égrenait ses saisons sous des ciels changeants. Fanette avait dix-huit ans. Le bel âge. La force d'exister. De temps en temps, pourtant, une ombre lui masquait l'azur. Alors, elle tombait en arrêt devant la maison de Gilbert, et de l'antre du diable s'exhalaient encore de vieux relents de bouc.

Cette année-là, sa mère se fit renverser par une vache un peu sauvage. On savait la bête difficile. Un moment d'inattention et Thérèse reçut la corne en plein dans le ventre. On transporta la blessée au plus vite à l'hôpital d'Ambert. Vers le soir, elle cracha le sang. Le coup avait dû atteindre un organe vital. Elle passa la nuit. Fanette, à son chevet, ne pouvait détacher son regard de cette femme de soixante ans, qui était sa mère, qu'elle avait côtoyée toutes ces années sans trop lui porter d'attention ni lui témoigner d'amour, cette femme vieille, déjà, lorsqu'elle avait enfanté, et qui allait mourir.

Le décès survint au matin. Fanette s'était assoupie après sa nuit de veille. Une infirmière lui avait violemment secoué le bras et s'était mise à dire :

— Réveillez-vous, voyons ! Votre mère est morte !

Au petit cimetière de La Ripaudie, dont dépendait le village d'Espinasse, on plaignit très fort Fanette au moment des condoléances. Mais elle resta digne à écouter le son des cloches, ce glas interminable dont les échos allaient se perdre dans le troupeau gris des nuages. Au retour, elle accepta d'être hébergée pour quelques nuits chez le Pierre et la Germaine Barland. Une semaine plus tard, elle réintégrait sa maison et vendait la vache assassine.

Jacques entra dans sa vie un peu plus tard. Elle fit sa connaissance au bal de la fête de Chantelauze, en septembre 1974. Il était orphelin, avait été élevé par une vieille tante qui le laissait agir à sa guise. Il avait vingt-trois ans, possédait une voiture de sport. Il était même célèbre dans le coin au volant de sa R 8 S de couleur jaune vif.

— La vitesse, ça le perdra !

Combien de fois Fanette avait-elle entendu cette rengaine ? Mais c'était si grisant lorsque, assise à côté de lui dans la voiture, elle sentait défiler les arbres et les poteaux téléphoniques, et qu'ils allaient renifler aussi d'un peu plus près les talus et les fossés dans un crissement de pneus et une pluie de gravillons.

Tête brûlée, Jacques... Et tétaraude, Fanette... Alors, ils s'étaient mis ensemble...

III

Fanette se réveilla aux premières lueurs du jour qui filtraient par les fentes verticales des volets. Sur sa droite, couché dans un lit de camp, Cédric respirait régulièrement. Sans bruit, elle se leva, enfila ses pantoufles, poussa la porte de la chambre, se retrouva dans la grande salle. Les braises rougeoyaient encore dans la cheminée sous une mince épaisseur transparente. Elle les regroupa vers le centre de l'âtre, froissa deux ou trois feuilles de papier journal qu'elle jeta par-dessus, rajouta des branches de genêt. Les flammes montèrent, jaunes et vivaces. Elle leur donna en pâture deux bûches de châtaignier qui furent happées au milieu d'une gerbe d'étincelles.

Fanette grelottait. Le manque d'habitude, sans doute. Ce n'était pas la chaleur desséchante des radiateurs du chauffage central de son appartement clermontois. Ici, pour avoir chaud, il fallait s'en donner la peine. Rien ne venait tout seul.

Elle enfila une veste en laine sur sa chemise de nuit et ouvrit les vieux volets bancals. Quelques flocons tombaient encore ce matin, de gros duvets atterrissant en douceur sur la blancheur de la cour. Le froid était intense et les bruits de la campagne semblaient engourdis par le gel et le tapis de neige.

Plus haut, du côté du bois du Merle, les sapins serraient davantage encore leur long pelage noir, et des boqueteaux de bouleaux lançaient vers le ciel plombé leurs carcasses crochues. Le chant d'un coq, un peu plus bas, vers la ferme de la Germaine, s'éleva, rauque et mal assuré.

Fanette referma la fenêtre, s'approcha de la gazinière, fit chauffer un peu de lait. Malgré la route enneigée et verglacée, Gilles Plancard avait réussi à passer, la veille, en camionnette, et grâce à lui, elle avait retrouvé le maigre mobilier de son appartement. L'Estafette n'avait pu franchir le pont sur la Faye et il avait fallu charger à dos d'homme les cartons et les meubles.

Au soir, Gilles et Marielle Plancard étaient repartis, la laissant seule avec Cédric.

— Tu es sûre que ça ira ? avait insisté Marielle, inquiète.

— Bien sûr que oui ! Vous en faites pas, la petite Fanette, elle a fait la guerre, elle en a vu d'autres !

Et elle s'était mise à rire, même si, au fond d'elle-même, elle n'était pas très fière.

Cédric avait trouvé « rigolo », « génial », « super », le repas aux chandelles qu'ils avaient pris ensuite, l'un en face de l'autre, à la lueur des flammes de la cheminée qui rendaient mouvante l'ombre des objets posés sur la table. Il avait ensuite émis une réserve, et qui était sans doute d'importance.

— Mais alors, on pourra pas prendre la télé s'il n'y a pas d'électricité ?

Ce constat lui gâcha sa soirée. Il ne desserra plus les dents jusqu'au moment où il se glissa sous les couvertures.

Cédric était un enfant difficile. Dans son quartier, à Clermont-Ferrand, il s'était intégré à une bande de gosses qui faisaient les quatre cents coups, et Fanette avait déjà eu maille à partir avec deux ou trois locataires d'un immeuble voisin où les galapiats sévissaient. Alors, bien sûr, la télévision permettait qu'il reste un peu à la maison plutôt que de traîner par les rues. Elle pensa tout de même qu'elle aurait pu prévenir son fils avant le déménagement et lui dire dans quelles conditions ils vivraient désormais.

Elle s'assit à table, remplit son bol. Le lait fumait, dégageant une odeur oubliée depuis tout ce temps qu'elle n'en consommait plus que du stérilisé, sous emballage en carton. Pour sûr, le lait que la Germaine lui avait apporté la veille, c'était du vrai, du bon, pas du conditionné. Idem pour le beurre, confectionné également par sa voisine. La motte, d'une superbe couleur jaune, était bien appétissante. Fanette hésita tout de même à l'entamer pour ne pas détruire toutes ces belles fleurs que le moule y avait dessinées en surface.

Elle tartinait une biscotte quand Cédric fit son entrée dans la pièce. Renfrogné et la figure des réveils difficiles, Cédric, ce matin. Il grogna quelque chose, s'assit en face de sa mère en se frottant les yeux.

— Tu pourrais dire bonjour, tout de même ! dit-elle en s'efforçant de sourire.

— B'jour.

Elle lui remplit un grand bol de lait. Machinalement, il y trempa les lèvres, puis recracha aussitôt le liquide en faisant :

— Pouah ! Qu'est-ce que c'est que cette cochonnerie ? Tu veux m'empoisonner ou quoi ?

— Mais enfin, c'est du lait ! Du bon lait de la vache de la Germaine ! Moi, je le trouve délicieux.

— Eh ben, pas moi ! T'as qu'à te le garder, ton lait ; moi, j'en veux pas. C'est du lait de bouseux !

— Cédric !

La gifle était partie sans même qu'elle eût pu maîtriser son geste. Le gosse accusa le coup, puis redressa la tête, fixant droit dans les yeux sa mère derrière la mèche rebelle qui lui tombait sur le front. Tout à coup, il prit sa décision, tourna les talons et sortit en claquant la porte.

— Eh bien, ça promet, soupira Fanette en débarrassant la table.

Dans l'après-midi, le soleil fit une timide apparition. L'estomac criant famine, Cédric avait fini par revenir déjeuner, mais, de tout le repas, il n'avait prononcé mot et, immédiatement après, était ressorti dans la cour.

— Quel fichu caractère ! avait soupiré Fanette, reconnaissant, malgré tout qu'elle non plus n'était pas d'humeur égale tous les saints jours de l'année.

Tout finirait bien par s'arranger. Dès demain, elle conduirait Cédric à Chantelauze et le présenterait au principal du collège. Une semaine à l'internat et, vendredi prochain, le grincheux reviendrait à de meilleurs sentiments.

Elle jeta un coup d'œil par la fenêtre. Du haut du pont, Cédric s'amusait à lancer des boules de neige dans la Faye, puis les regardait fondre, emportées par le courant. Qu'il ressemblait à son père ! De Jacques, il avait le front bas, les cheveux couleur de paille qui ondoyaient, et cette résolution surtout, volonté d'aller jusqu'au bout de soi-même, quoi qu'on fît pour contrecarrer ses desseins ou lui faire entendre raison.

Délaissant la fenêtre et le spectacle de son fils, Fanette se remit à l'ouvrage. Dans l'instant, il importait de rendre rapidement la maison habitable et aussi la plus agréable possible. Déjà, ce matin, elle avait fait fondre de la neige dans une grande bassine et, avec l'eau chaude, elle avait lavé la vaisselle ainsi que les ustensiles de cuisine, dont la plupart étaient complètement dépareillés. Pour cet après-midi, grand nettoyage à coups de serpillière et de balai. Pas le temps de flâner, car il y avait à faire.

Elle besogna ainsi deux grandes heures à lessiver, gratter, curer. Le jour tombant tôt à cette époque de l'année, elle se décida à allumer une bougie, mais la faible lueur n'éclairait pas grande surface et la pièce demeura dans une semi-pénombre. Alors, elle ajouta deux bûches dans la cheminée, et bientôt les flammes montèrent, léchant les conduits de pierre.

Fanette regarda sa montre : presque cinq heures du soir. Il serait temps que Cédric rentre à présent, l'obscurité ne tarderait plus. Elle sortit dans la cour pour l'appeler. Le froid était vif. La nuit allait être glaciale, la gelée sévère demain matin.

— Cédric !... Cédric !...

Sa voix se brisa contre les murs de la vieille maison et, en rebondissant, se perdit dans le chuchotis cristallin de la Faye.

Fanette avança de quelques pas, s'appuya au dos moussu du pont sur la rivière.

— Cédric !... Cédric !... reprit-elle.

Mais son appel demeurait sans réponse. Tout à coup, elle se sentit la poitrine serrée. Les mâchoires d'un étau allaient la broyer, c'était sûr. Elle porta la main à sa gorge, comme pour tenter de relâcher l'étreinte.

— Cédric !... répéta-t-elle plus bas.

Le vieux Léon Tarrit, qui fermait ses volets à ce moment-là, accourut vers elle en clopinant.

— Qu'est-ce qui se passe, Fanette ? Quelque chose qui ne va pas ?

— C'est Cédric... il n'est pas rentré.

Le sabotier se voulut rassurant.

— Bah ! Il tardera pas, tu verras. Les gosses, ça fouine partout et ça voit pas le temps passer. Il va revenir, ton Cédric, te mets pas martel en tête.

— Mais il fait presque nuit !

— Attends. Je cours chercher une lumière. On finira bien par le trouver

De retour avec une lampe torche, Léon commença par diriger le faisceau lumineux sous l'arche du pont. Puis il remonta la rivière sur une centaine de mètres, avec Fanette à ses côtés qui continuait d'appeler.

— Il n'a pas pu aller vers les sapins, tout de même, fit-il soudain, les mains sur les hanches, en regardant dans la direction du bois du Merle et vers d'éventuelles traces de pas dans la neige.

Il réfléchit un instant, sourcils froncés.

— Non, reprit-il, il faut chercher dans le village.

Ils firent demi-tour, se dirigèrent vers l'école. La vieille bâtisse en ruine, au préau disloqué, à la toiture éventrée, ne se distinguait plus qu'à peine dans les dernières lueurs du couchant.

— Cédric !... Cédric !... continuait d'égrener Fanette en une litanie dont elle n'avait même plus conscience.

Le vieux Léon se baissa, sembla chercher d'autres traces sur le tapis neigeux, finit pas entrer dans la salle de classe aux vitres brisées, et l'orbe lumineux de sa lampe torche s'agita un moment dans tous les sens.

Fanette, restée dehors, crut distinguer une forme qui s'agitait à proximité du bâtiment de la cantine, sur la droite. Mais ce fut très bref, presque illusoire.

Soudain, Léon l'appela.

— Fanette ! Fanette ! Viens vite, je l'ai retrouvé.

Le gosse était tapi près de l'estrade, les yeux hagards, l'air complètement épouvanté, comme s'il avait eu la vision du diable en personne. Lorsqu'il distingua enfin sa mère dans l'entrée de la classe, il se leva d'un bond et se précipita dans ses bras.

— Il est fou ! sanglota-t-il. Il est complètement fou !

Sur plusieurs centimètres, son visage était strié de griffures et il avait l'œil droit tuméfié.

— C'est un fou ! recommença-t-il en s'agrippant à sa mère.

— Mais enfin, de qui parles-tu ? Qui est-ce qui t'a fait ça ?

— Non, pas ici... Partons vite !

Léon Tarrit les raccompagna jusqu'à la maison.

— Tu veux que je reste un moment de plus avec vous ? demanda-t-il.

— Oui, s'il vous plaît, Léon.

Et le sabotier entendit de la bouche de Cédric l'histoire de ce monstre au teint hâlé et au poil blanc, qui avait des griffes au bout des doigts, des yeux sombres lançant des éclairs, et qui hurlait comme un dément en sautant partout sur les pupitres de la salle de classe.

— Mais où donc s'arrêtera-t-il ? avait soupiré Léon qui ne rentra chez lui qu'une fois le gosse endormi et sur l'injonction pressante de Fanette.

Cette nuit-là, dans le lit de sa mère où il avait exigé de coucher, Cédric eut un sommeil agité, peuplé de cauchemars. Un long moment, Fanette lui tint la main, une main froide qui tressautait parfois, comme secouée par une onde électrique.

Gilbert...

Gilbert Rouchon, de nouveau, avait sévi. Ce n'était pas la première fois qu'il effrayait un petit gosse, et Fanette se souvenait de sa propre enfance, quand elle partait garder les vaches et qu'il était à l'affût dans un taillis à la guetter. Aussi du jour des noces de François et Jacqueline. Mais ça, c'était encore autre chose.

Fanette dormit très peu. Dans le tilleul de la cour de l'école, une hulotte recommença mille fois son ricanement lugubre qui déchirait le tissu de la nuit. La maison craquait de toutes ses vieilles solives, à tour de rôle, comme si elles s'étaient donné le mot. Les pierres aussi avaient leurs plaintes que le gel jetait en pâture au silence. Jusqu'aux souris, là-haut, dans le grenier, et qui, minuit passé, entamèrent une sarabande, comme un sabbat dont la signification remontait peut-être à l'aube de l'espèce. Enfin, tout se calma. Le souffle seul de Cédric, et parfois quelques mots, des paroles prononcées à toute vitesse d'une voix méconnaissable, emplissaient la chambre d'une rumeur maligne. Fanette entendit sonner toutes les heures à la vieille horloge de ses parents que Léon lui avait réparée en prévision de son retour. Toutes les heures, oui, à veiller, à courir après le sommeil, et donc à réfléchir, à se tourner les sangs, à ressasser de sempiternelles craintes.

Devrait-elle aller présenter ce lundi Cédric au principal ? Le traumatisme subi la veille ne justifiait-il pas le report de son inscription dans l'établissement ? Oui, sans doute, était-il plus sage d'attendre quelques jours. Et puis, une minute après, elle se disait que l'école lui changerait les idées, que là-bas, à Chantelauze, il se ferait de nouveaux copains et oublierait sa méchante aventure.

Avec cette incertitude sur la conduite à tenir, elle vit poindre le jour par les interstices des volets. Elle se leva, alla ranimer le feu et fit chauffer un bol de lait.

Cédric, bientôt, apparut dans l'encadrement de la porte de chambre.

— J'ai faim, dit-il simplement.

— Tu prendras du lait ? demanda Fanette, incrédule.

— Oui, s'il te plaît, m'man.

Le garçon était tout ébouriffé, comme à son habitude au lever, et les longues griffures qui lui barraient les joues avaient pris ce matin une vilaine teinte brune. Quant à son œil droit, en partie fermé, il était ocellé de violet virant parfois au vert.

— Dans quel état il t'a mis ! soupira Fanette.

Elle regarda longuement son fils qui, sans faire de commentaires, buvait son lait.

— Tu le trouves bon, ce matin ?

Il fit oui de la tête qu'il replongea tout aussitôt dans le bol.

Soudain, Fanette prit sa décision. Oui, après tout, il n'y avait pas de raison. Un fou était un fou et ne devait pas rester ainsi, en liberté, à mettre en péril la vie de ses voisins. Il fallait faire quelque chose. Porter plainte. Oui, voilà, elle irait porter plainte auprès des gendarmes de Chantelauze pour coups et blessures sur un enfant. Sur son enfant.

Trois chocs sonores retentirent sur le bois de la porte.

— Je peux entrer ? fit la Germaine en pointant sa figure bouffie dans l'entrebâillement.

Et, sans plus attendre, elle avança dans la pièce en soufflant fort. Puis elle se débarrassa de son châle en laine et s'assit en face de Cédric, qu'elle dévisagea en plissant les yeux.

— Hé bé ! Il t'a bien arrangé ! Le Léon me l'avait dit, mais à ce point, j'imaginais pas !

— Germaine, si c'est pas trop vous demander, fit Fanette, ça serait possible de téléphoner aux gendarmes ? Je peux tout de même pas laisser passer ça. Qu'est-ce que vous en pensez ?

— Ce que j'en pense, ma fille...

Elle se racla la gorge, toussa, ajusta son fessier sur la chaise paillée et se décida enfin.

— J'en pense que t'as bougrement raison. Le Gilbert, y a trop longtemps qu'il fait des misères au pauvre monde et qu'il est pas puni. Le tout, c'est que les gendarmes l'attrapent, et ça, c'est une autre paire de manches !

Cédric venait de finir de laper son bol. Il releva la tête, se tourna vers la vieille femme.

— Mais c'est qui, ce Gilbert ? demanda-t-il avec un restant de crainte qui assombrit son œil épargné.

— Gilbert, mon garçon, Gilbert, c'est le diable !

La Germaine était rentrée chez elle pour téléphoner aux gendarmes. Ils passeraient dans l'après-midi recueillir la déposition de la plaignante. Ensuite, à la demande de Fanette, elle avait appelé le principal du collège pour l'informer que Cédric avait eu un accident et que son inscription devrait être retardée de quelques jours, le temps que ses blessures guérissent.

Le garçon était fasciné par les flammes de l'âtre. Elles dansaient, se tordaient, se courbaient en révérences gracieuses pour relever tout soudain leurs mèches, happées par un souffle. Il resta ainsi une bonne heure, à califourchon sur le banc. Occupée à son ménage, Fanette l'observait à la dérobée. Son fils, leur enfant, à Jacques et à elle. Une véritable tête brûlée. Mais si fragile à présent, depuis cette terrible épreuve de la veille, à cause de ce fou.

— Je vais chercher des bûches, annonça-t-elle soudain en recouvrant ses épaules d'un châle et en chaussant les sabots vernis dont Léon lui avait fait cadeau ce matin en venant prendre des nouvelles du petit.

Elle s'empara du panier d'osier où elle entasserait le bois.

— Je viens avec toi, m'man.

— Alors, enfile ton parka et mets ton bonnet, ordonna-t-elle. Il fait pas chaud ce matin encore.

Effectivement, la température était frisquette, alimentée par une bise issue des bois de sapins où elle avait eu tout loisir de s'aiguiser le tranchant. La neige durcie crissa dans la cour sous les pas de Cédric et de sa mère qui se dirigèrent directement vers la grange, là où Léon avait entreposé les bûches de châtaignier.

— M'man, j'voulais te dire..., fit soudain le garçon.

Il regardait fixement la pointe de ses après-ski qu'il tapa contre un mur pour en faire tomber des blocs de glace.

— Qu'est-ce qu'il y a, mon Cédric ?

— M'man, j'crois qu'on sera bien tous les deux, ici...

Il s'éclaircit la voix et ajouta :

— ... une fois que l'autre sera en prison.

Comme ils s'y étaient engagés, les gendarmes arrivèrent au village en début d'après-midi. Fanette finissait d'essuyer la vaisselle quand elle vit se garer dans la cour le break Peugeot bleu marine de la brigade.

Tout à coup, l'image d'un autre véhicule de la même couleur emplit l'écran de sa conscience.

Jacques venait d'avoir un accident. Les gendarmes disaient à Fanette :

— C'est grave, madame Batisse. C'est très grave.

IV

C'était une autre histoire...

Au tout début de leur vie commune, Jacques et Fanette habitèrent un petit garni, à deux pas du centre de Clermont-Ferrand, près de la cathédrale. En ouvrant ses volets le matin, Fanette avait sous les yeux les deux flèches élancées de l'édifice dont la couleur noire de la pierre de Volvic n'était pas ce qu'il y avait de mieux pour le moral.

A cette époque, elle cherchait du travail, faisant par-ci par-là quelques ménages chez de vieilles personnes qui la payaient chichement. Jacques, lui, se levait tous les jours de très bonne heure, partait sillonner les routes du département au volant de son camion, rentrait parfois fort tard le soir.

Elle s'ennuyait, Fanette. S'ennuyait à mourir. Il lui manquait son horizon familier, ses prés, ses bois, ses montagnes et son ciel. Parfois, en regardant le puy de Dôme dont les rondeurs se détachaient au-dessus des brumes de la ville, elle pensait à ses crêtes du Forez, là-bas, du côté du levant, à ce beau Livradois où elle avait vécu. Ça n'était pourtant pas si loin, puisqu'en un peu plus d'une heure de voiture, on pouvait se rendre à Espinasse. Oui, mais tout un monde séparait les deux pays.

En avril 1975, Jacques et Fanette décidèrent de se marier. Ils le firent en toute simplicité, sans inviter personne, ni parents ni amis. Ces derniers n'étaient pas légion : Jacques était plutôt de tempérament sauvage, se liait difficilement, répugnait à dévoiler ses sentiments. Quant à la famille, elle était vite comptée chez ces deux orphelins qui avaient uni leurs destinées.

Madame Batisse ! Dieu ! que c'était difficile pour Fanette de réagir à l'appel de son nouveau patronyme ! Non, décidément, elle ne s'y ferait pas. Et quand elle l'entendait, elle imaginait que cette madame Batisse en question était, ma foi, bien peu aimable de ne pas daigner répondre.

— Enfin, madame, je vous parle !

Mais oui, c'était bien à elle qu'on s'adressait. De là à ce que le quartier lui fasse une réputation de femme fière, il n'y avait qu'un pas !

Au tout début de l'été, Fanette se trouva enceinte. Elle fumait beaucoup ; son médecin lui conseilla d'arrêter la cigarette, ce qu'elle accepta de mauvais gré, car Jacques, son mari, continuait pour son compte de griller ses Gitanes.

— C'est pas un docteur qui va me dire ce que je dois faire ou pas faire ! maugréait-il.

Et Fanette était souvent incommodée par l'odeur de tabac froid en ces petits matins où il lui fallait vider les cendriers. Elle avait des nausées, partait vomir et se relevait exsangue.

A trois mois de grossesse, elle fit une fausse couche et s'étonna de ne pas éprouver davantage de chagrin. A la suite de cette perte, Jacques avait obtenu ses congés annuels qu'ils passèrent à Espinasse, dans la maison des parents. Trois semaines de convalescence pour Fanette à sillonner les bois, le panier à la saignée du coude, souvent rempli de cèpes et de girolles. Elle retrouvait là des sensations anciennes, un air de liberté, comme une résurrection.

Au cours de ce séjour, le dernier dans la demeure familiale avant que le bâtiment commençât à se dégrader, Fanette eut le désagrément de constater que Gilbert Rouchon était revenu au pays. Le retour du diable, après une longue absence inexpliquée...

Elle l'aperçut un soir, en amont du pont sur la Faye, en train de pêcher à la main des truites qui se cachaient sous des racines de vergnes. Toujours le teint buriné, le Gilbert. Et plus sale que jamais, vêtu de guenilles, le cheveu long, couleur de cendres, l'œil inquiétant. Sentant une présence dans son dos, il s'était retourné subitement et avait émis un grognement à la vue de Fanette qui, ne sachant quelle attitude adopter, avait fini par prendre la poudre d'escampette.

— Salope de femme !

La voix éraillée de Gilbert l'avait poursuivie jusque chez elle où Jacques s'était étonné de son air égaré et de ses rougeurs sur le visage.

— T'as vu le diable ? avait-il fait en rigolant.

Il ne croyait pas si bien dire.

Jacques et Fanette possédaient un chien, un brave corniaud qui les accompagnait partout et leur obéissait au doigt et à l'œil. Tayot était même une présence rassurante pour Fanette quand il lui fallait rentrer chez elle au travers du dédale de ruelles du quartier de la cathédrale. Certes, il n'était pas des plus farouches, mais le simple fait de le tenir en laisse permettait à la jeune femme de se sentir plus forte sous le regard de certains individus parfois louches qui croisaient son chemin.

A Espinasse, Tayot avait été de toutes les expéditions dans les bois avec son maître et sa maîtresse. Un matin, il avait levé un lièvre et s'en était trouvé émoustillé pour le restant de la journée.

Le séjour touchait à son terme. Jacques et Fanette arrivaient au bout de leurs vacances. Le surlendemain, il leur faudrait retourner à Clermont où Fanette chercherait du travail et Jacques reprendrait le sien.

Ce soir-là, Tayot n'était pas rentré. La nuit tombait. Au couchant, de gros nuages rouges galopaient en troupeau serré. Jacques et Fanette sortirent et appelèrent leur chien.

— Vous n'avez pas vu Tayot, Germaine ? demanda Fanette à sa voisine qui revenait de son poulailler avec un panier d'œufs sous le bras.

Ni la Germaine, ni le Pierre, ni même le Léon Tarrit, croisé un peu plus loin, ne l'avaient rencontré de la journée.

— Te fais donc pas de mouron, avait plaisanté Léon, il doit courir la gueuse. C'est bien de son âge !

A hauteur de la masure de Gilbert Rouchon, Jacques et Fanette virent soudain leur chien jaillir en quatrième vitesse sur le chemin, poursuivi qu'il était par l'autre fou de propriétaire qui brandissait un gourdin.

— Tu vas voir, sale bête ! lâcha-t-il, les yeux injectés de sang.

— Qu'est-ce qu'il t'a fait, mon chien ? gronda Jacques qui commençait à fermer les poings.

Gilbert grogna des mots incompréhensibles, cracha par terre et tourna les talons.

— Allez, viens donc, laisse-le faire, il a pas sa raison, dit Fanette en se cramponnant au bras de son mari qui, visiblement, n'avait pas l'intention d'en rester là.

Jacques serra les mâchoires, puis, comme un défi, il lança à Gilbert qui refermait sa porte :

— T'as qu'à essayer de recommencer, pauvre dingo !

Ils retrouvèrent Tayot à la maison, couché sous la table, le museau au ras du sol, en proie à une agitation incontrôlable. Le lendemain matin, quand ils se levèrent, le chien était raide mort près du manteau de la cheminée, avec une écume blanche sur le pourtour des babines.

— C'est Gilbert qui l'a empoisonné ! cria Fanette, au comble de la douleur.

— Le salaud ! Il va voir de quel bois je me chauffe !

Et Jacques était sorti en courant. Mais de Gilbert, point. Comme après chacune de ses exactions, le diable avait disparu.

Seulement empoisonné, Tayot ? N'y avait-il pas autre chose ? Gilbert n'avait-il pas usé de pouvoirs maléfiques qui auraient ainsi provoqué la mort du chien ? Longtemps, de retour à Clermont, Fanette s'était posé la question. Elle s'en était un jour ouverte à son mari.

— Qu'est-ce que tu me racontes là ? De la sorcellerie ? Mais ça va pas, ma pauvre Fanette ! Ton Gilbert, il lui aura fait bouffer de la mort-aux-rats, à Tayot, c'est pas plus difficile que ça. Mais t'en fais pas, que je le retrouve, ton Lucifer de mes deux, je lui passerai son envie, moi !

Le couple ne remit les pieds à Espinasse que plusieurs mois plus tard. De Gilbert, il fut tout juste question.

— Il va, il vient, tu sais jamais ce qu'il est en train de magouiller, avait dit la Germaine qui, pour l'heure, avait des préoccupations autrement plus importantes, car depuis quelque temps, elle était grand-mère.

— Un grade de plus, avait-elle dit en brandissant la petite Nathalie, la fille de François et Jacqueline.

Et elle n'était pas peu fière, la Germaine, de montrer à Fanette sa progéniture qui braillait à fendre l'âme.

— Elle est vive comme sa mère, ça, c'est sûr ! reprit-elle.

Son fils et sa bru avaient profité des vacances scolaires de Pâques — Jacqueline était professeur à présent — pour partir trois ou quatre jours en amoureux et confier le bébé aux grands-parents.

Fanette avait bercé quelques instants Nathalie dans ses bras.

— Et c'est pour quand que tu nous en fais un, la Fanette ? avait demandé le Pierre Barland en choquant son verre de gros rouge contre celui de Jacques.

Pour quand, oui ? Fanette, parfois, se posait la question au long de ses journées de solitude à Clermont. Elle continua de chercher du travail, désespéra presque d'en trouver. Et puis, un jour, suite à une petite annonce parue dans le journal *La Montagne,* elle se présenta au *Mammouth* d'Aubière. On recrutait trois caissières. Une quinzaine de candidates étaient sur les rangs. Fanette fut toute surprise de pointer parmi les trois heureuses élues.

C'est alors qu'elle fit la connaissance de Marielle.

Marielle travaillait, elle aussi, à ce même supermarché. Une « ancienne » déjà, puisqu'elle avait été engagée dès les tout débuts du magasin, et elle occupait à présent un petit poste de responsabilité dans la corporation des caissières.

— Fais comme si les autres n'existaient pas, creuse ton chemin toute seule et tu y arriveras.

On imagine mal combien la vie de caissière peut être assimilée à un combat dans le fin fond de la jungle. Aussi, Marielle répétait-elle inlassablement ce genre de conseils à Fanette qui s'en trouva fort bien, d'ailleurs, quand, six mois plus tard, la direction lui signa un contrat définitif en bonne et due forme.

Huit heures de rang, Fanette restait assise dos à tous les courants d'air et tapait des chiffres, des chiffres et puis des chiffres. Le soir, de retour à la maison, éreintée, elle n'avait plus envie de préparer le repas.

— Si t'as pas faim, ça te regarde, lui disait Jacques en guise de reproche. Pour ce qui me concerne, je croûterais bien autre chose que du fromage ou du chocolat à tous les dîners.

Lui aussi avait eu une journée épuisante. Son humeur s'en ressentait.

— Fais attention, petite Fanette, l'avait un jour mise en garde Marielle, qui était devenue sa confidente et son amie. Prends bien garde de pas le perdre, ton Jacques !

Et elle avait ajouté en riant :

— Un homme, ça peut servir, et il faut savoir le coucouner quelquefois.

Il n'était pourtant point trop dans les habitudes de Fanette de s'arrêter à ce genre d'attentions qu'elle jugeait même entièrement dépassées, fût-ce à l'usage de son mari.

— Tu vas le perdre, ton Jacques, tu vas le perdre ! lui serinait Marielle à longueur de journée.

Et elle le perdit.

Il s'était mis à fréquenter les bars et, sa journée finie, plutôt que de rentrer à son foyer, il sirotait un lot inépuisable de pastis en compagnie de buveurs invétérés au regard vague et à l'élocution hesitante. Un soir, il découcha, se grisa dans une boîte de nuit mal famée du centre-ville, où il fit la connaissance d'une femme divorcée qui voulut bien l'accueillir chez elle quelque temps.

De l'eau dans le gaz pour Fanette. Rien n'allait plus dans sa tête. A cette époque, elle pensa tout plaquer, travail, amis, appartement et tutti quanti, pour revenir chez elle, dans son village. Marielle l'en dissuada. Les Plancard étaient aux petits soins. Ils la sortirent, l'emmenèrent au cinéma, au restaurant, ainsi qu'à des parties de campagne dans les environs immédiats de la ville. Bref, l'important était de lui changer les idées et ils s'y employèrent.

Fanette, pourtant, ressassait ses pensées moroses. A longueur de soirée, seule chez elle, elle écoutait des chansons de Jacques Brel dont elle avait acheté l'intégrale des disques. « Ne me quitte pas », pleurait le chanteur belge, enregistré à l'Olympia de Paris. Pour remonter le moral, il n'y avait pas mieux !

Et *La Fanette*, alors ! Oui, bien sûr, c'était un peu son histoire à elle qu'il racontait en musique. Aussi sortait-elle de ces chansons complètement vidée, anéantie, avec cette envie folle d'en finir une bonne fois pour toutes. Qui la regretterait ? Elle n'avait plus personne. S'apercevrait-on qu'elle n'était plus là ?

En cet été 1978, Gilles et Marielle Plancard insistèrent pour qu'elle partageât avec eux leurs vacances. Alors, elle bronza au soleil de l'Espagne, se risquant dans l'eau jusqu'aux endroits où elle n'avait plus pied, et elle, qui ne savait pas nager, s'inventait une fin identique à celle des deux amoureux de la chanson de Brel.

Au mois d'avril qui suivit, comme ça, sans crier gare, Jacques revint au foyer.

— Je me suis fait virer par bobonne, se contenta-t-il de dire. Je suis là, si tu veux de moi.

Elle voulut. Ils eurent une nuit folle, comme elle n'en avait jamais connu de toutes ses nuits de Fanette. Neuf mois plus tard, en janvier 1980, Cédric sortait du ventre de sa mère.

Du caractère, pour ça, il en avait à revendre, le bambin. A en casser les oreilles de son père qui, fou furieux de ne pouvoir dormir son soûl à cause des colères nocturnes du fiston, aurait voulu l'envoyer aux cent diables.

Aux vacances d'été, Jacques et Fanette revinrent à Espinasse où tout un chacun s'extasia sur ce petit bout d'homme de Cédric.

— C'est le portrait tout craché de la Fanette, remarqua Léon, mais son jugement n'était sans doute pas objectif.

— Mais non, rétorquait la Germaine, il ressemble à son père.

— M'm ouais, se contentait de faire le Pierre, dubitatif.

Les Barland, quant à eux, étaient grands-parents pour la seconde fois, car, trois ans après Nathalie, était né Eric.

Ce jour-là, justement, François et Jacqueline arrivèrent, accompagnés de leurs deux enfants. L'on but ensemble le café et le pousse-café, l'on compara les progénitures. Fanette pensa que Jacqueline faisait bien un peu la dame, avec ses grands airs et ce mépris qu'elle affichait trop ostensiblement à l'égard de la campagne. A côté d'elle, François paraissait petit garçon, restait en retrait et sur une prudente réserve.

— Tu le nourris au sein, ton fils ? s'indigna Jacqueline en voyant Fanette s'apprêter pour la tétée.

— Ben oui, quoi...

— Quelle horreur ! Mais tu vas t'abîmer la poitrine, ma pauvre fille !

— Ça prouve au moins qu'elle en a, elle !

Et pan ! Jacques n'avait pu contenir plus longtemps sa fureur. Il avala d'un trait son fond de tasse où le Pierre Barland avait généreusement versé de l'eau-de-vie de prunelle, puis sortit en faisant :

— Bon, merci pour la goutte, Pierre. Je m'en vais prendre l'air.

Fanette s'en souviendrait longtemps, de cette sortie de Jacques. En chemin, il avait croisé Gilbert. L'histoire de l'empoisonnement de Tayot, malgré le temps écoulé, lui restait toujours en travers de la gorge. Aussi toisa-t-il le prétendu sorcier qui n'était non plus homme à s'en laisser compter, si bien que les affaires entre eux s'envenimèrent.

Attirés par les cris et les injures, Fanette et tous les membres de la famille Barland arrivèrent au plus fort du pugilat. Jacques, bien que marqué aux pommettes, avait pris le dessus et s'acharnait à coups de pied sur Gilbert qu'il venait de terrasser.

— Arrête, ça suffit ! cria Fanette.

Elle s'était cramponnée de toutes ses forces à son mari qui, ceinturé également par François et le Pierre, finit par se calmer.

Les yeux chargés de haine, lançant des éclairs, Gilbert se releva lentement. Une fois debout, il cracha sur le sol en dévisageant son ennemi.

— Tu le payeras ! fit-il d'une voix sourde.

Un rictus lui déchira la face. Il prit le temps d'essuyer un filet de sang qui dégoulinait d'une arcade, ramassa par terre son chapeau sans couleur tellement il était crasseux, et reprit :

— Oui, t'aurais pas dû. Tu payeras, c'est sûr. Quand tu t'y attendras pas, tu payeras.

— Fous le camp, saligaud, ou je t'écrase !

A pas comptés, en soutenant le regard de Jacques, et le sourire mauvais au coin des lèvres, Gilbert fit machine arrière. Avant de disparaître dans le fond de sa cour et de pénétrer dans sa bauge, il esquissa une sorte de signe cabalistique, comme un coup de fouet qui aurait mordu le vide et répéta :

— Tu le payeras. Tôt ou tard, tu le payeras.

Jacques et Fanette revinrent à Espinasse quelques mois plus tard : le Pierre Barland avait remis son âme au bon Dieu. Cet automne de 1980 déployait ses plus chatoyantes couleurs rousses quand le cortège accompagna le défunt de l'église au petit cimetière de La Ripaudie. Le Pierre avait été un bien brave homme sa vie durant, et la foule se pressait pour lui rendre ce dernier hommage.

Presque craintivement, et par-delà la peine qu'elle éprouvait de la perte de son ancien voisin, Fanette chercha dans les rangs la silhouette trop connue, trop souvent débusquée, de celui qui lui gâchait l'existence depuis sa bagarre de l'été dernier avec Jacques. Il ne se passait pas un jour sans que Fanette n'entendît au plus profond d'elle-même la menace proférée par ce diable de Gilbert Rouchon : « Tu le payeras. Tôt ou tard, tu le payeras. »

Souvent, la nuit, elle se réveillait tout en nage et la respiration haletante.

— Qu'est-ce que tu as à te tracasser comme ça ? la réprimandait Jacques. Ton Gilbert, il s'est ramassé une dérouillée, et son orgueil en a pris un coup, c'est tout. Que veux-tu qu'il me fasse ? Il me fera pas des trous là où j'en ai déjà !

Alors, ce jour, à l'enterrement du Pierre Barland, Fanette était aux aguets. Mais, de Gilbert, point de trace. Sans doute n'était-il pas homme à accorder une quelconque importance à ce genre de tradition.

Les mois passaient. Cédric grandissait. Il apprit à marcher, commença d'articuler des syllabes. De retour de chez sa nourrice avec Fanette, il se faisait une joie de retrouver son père, sautait sur ses genoux, le couvrait de baisers, si bien que Jacques, naturellement bourru, fondait littéralement devant ce petit bout de chou.

— Il te ferait entrer par un trou de souris, lui disait souvent Fanette, pas jalouse, non, de cette préférence marquée de son fils, mais tout de même légèrement chagrine de se voir quelque peu délaissée.

La vie, ainsi, aurait pu couler et les années se suivre, identiques et monotones. Grâce à son rejeton, Jacques s'était acheté une conduite, ne sortait plus, ne buvait plus, régulier au logis au retour de ses tournées à travers le département. Les craintes de Fanette, de la sorte, avaient fini par s'estomper.

Un jour de décembre 1982, Jacques et Fanette reçurent une lettre d'Espinasse. La Germaine s'étonnait de ne plus les voir au pays. Et puis, la maison se détériorait. A l'en croire, la toiture passerait bientôt au travers. Il était temps d'agir.

— Il va falloir faire des réparations, avait dit Fanette.

— Bah ! la Germaine exagère toujours, avait répondu Jacques. On verra au printemps.

Mais, de printemps, il n'y eut point pour lui. Là-haut, du côté de Rochefort-Montagne, dans les tout premiers jours de janvier, le verglas, ce sale traître, eut raison de lui. Son camion bascula dans un ravin, les secours mirent des heures à le dégager de sa cabine.

Inconscient, il fut transporté par hélicoptère au centre hospitalier de Clermont-Ferrand.

Les gendarmes avaient l'air godiche pour annoncer la nouvelle à Fanette.

— C'est grave, madame Batisse. C'est très grave.

Et Fanette entendait un écho qui rebondissait ainsi qu'une pierre : « Tu le payeras, criait la voix. Tu le payeras. »

V

Les gendarmes s'apprêtèrent à repartir : Gilbert Rouchon était introuvable. Envolé de son nid, l'oiseau. Et sans laisser de plumes, encore.

Les dépositions de Fanette et de Léon Tarrit étaient concordantes quant à l'apparente version des faits : l'enfant, acculé dans une salle de classe, avait été tabassé par l'autre dérangé qui, surpris par leur arrivée inopinée dans l'école désaffectée, s'était vu contraint de prendre la fuite au plus vite.

Cédric observa un mutisme total, et ni l'adjudant ni son adjoint ne purent en tirer autre chose que de simples hochements de tête.

Alors, de guerre lasse, ils avaient abandonné la partie. Une question devait pourtant sacrément tarabuster le commandant de brigade qui, avant d'ouvrir la portière de la voiture, se tourna vers Fanette et à brûle-pourpoint lui demanda :

— Ça ne vous embête pas de vivre ici, sans eau ni électricité ?

Mais il n'attendit pas la réponse et enchaîna aussitôt :

— De toute façon, si vous avez du nouveau et que Rouchon rôde encore dans les parages, n'hésitez pas à nous appeler, n'est-ce pas ?

Le break Peugeot des gendarmes disparut dans le chemin, après le pont sur la Faye. Fanette resta un instant sur le pas de sa porte. En ce début d'après-midi, un soleil blanc essayait de se frayer une place au travers du moutonnement des nuages. Le regard de la jeune femme s'attarda deux minutes sur leur course effrénée vers le sud, puis obliqua vers les hauteurs toisonnées de sapins que des nappes de brumes parcouraient de longues haleinées rampantes.

Soudain, elle sursauta. Cédric était sorti de la maison et, à pas de loup, s'était approché d'elle pour lui prendre la main.

Elle se pencha vers lui.

— Pourquoi tu n'as rien voulu dire aux gendarmes ?

L'enfant, le visage tuméfié qui bleuissait par plaques, affecta un air détaché.

— Tu aurais dû leur expliquer, reprit Fanette aussitôt.

— Non ! dit-il sèchement.

Son expression devint dure, il dégagea sa main de celle de sa mère.

— Pourquoi ? demanda-t-elle avec toute la douceur dont elle était capable.

— Parce que !

— Allez, viens donc, rentrons nous mettre au chaud.

Une fois dans la maison, Cédric conserva cet air buté, les yeux obstinément fixés sur la danse des flammes dans l'âtre.

— Tu crois qu'ils le retrouveront, les gendarmes ? fit-il soudain.

— Mais oui, mais oui, tu verras.

Le garçon se redressa alors comme un jeune coq et, son naturel reprenant le dessus, il dit, très sérieux :

— En tout cas, ton Gilbert, j'ai bien envie de lui mettre une tête si les gendarmes sont pas capables de l'arrêter !

« Tout le portrait de son père », songea Fanette. Et, pour cacher son trouble, elle se pencha vers la réserve à bois et jeta une bûche dans la cheminée.

Les jours qui suivirent permirent à Fanette de panser les blessures de son fils. Sitôt passée la fête de la Toussaint, le temps s'était remis au beau, étalant ses ors et ses cuivres sous un ciel d'un bleu de porcelaine. Les matins étaient glacés, mais, dès dix heures, le soleil inondait la nature. Il fit fondre la neige.

Un camaïeu de rouille éclaboussa alors les forêts, avec le jaune resplendissant des hêtres, celui encore plus vif des cerisiers sauvages, et l'ocre rougeoyant des mélèzes en train de perdre leurs épines qui déployaient comme un tapis moelleux sous les chaussures des marcheurs. Des écharpes de brumes s'en venaient caresser cette profusion de couleurs, s'enroulaient autour des grands bois ainsi que des lianes, et puis disparaissaient, avalées par la lumière solaire.

Vers le haut, du côté du col du Béal et des radars militaires de Pierre-sur-Haute, la montagne semblait s'être rapprochée, et l'on aurait presque cru pouvoir la toucher du doigt. Cela n'était bien sûr qu'une illusion, comme en réserve parfois la terre pour mieux se faire admirer.

Le jour de la rentrée des classes, après la semaine des vacances scolaires, le brouillard parut décidé à cacher tous ces trésors. Sournoisement, il s'était posé sur le pays la veille au soir, à la tombée du jour, et avait profité de la nuit pour s'installer jusqu'au moindre recoin.

Au matin, quand Fanette et Cédric mirent le nez dehors, il tombait sur le sol une myriade de gouttelettes qu'un courant d'air vaporisait sur les façades des maisons. Bientôt, leurs vêtements furent imprégnés et Fanette regretta de ne pas s'être équipée d'un parapluie.

Ils arrivèrent à la demeure de Léon. Le sabotier les attendait devant sa grange, toutes portes ouvertes.

— J'espère que Titine tiendra le choc, fit-il en les précédant à l'intérieur.

Ces deux derniers jours, Léon avait remis en état sa vieille 2 CV qui ne roulait plus depuis des lustres. Il avait sans doute dû accomplir un miracle, car, après deux vaines tentatives, la voiture toussota, crachouilla, puis le moteur se décida enfin à ronronner.

— J'espère que je saurai la conduire, dit Fanette en se glissant derrière le volant.

— Mais oui, la rassura Léon, c'est comme faire du vélo, ça se perd pas.

Il recula de trois pas, comme pour mieux admirer la machine.

— C'est qu'elle est pas toute jeune, ma Titine. C'est une des premières 2 CV. Dame, ça fait des années !

Il parut réfléchir un instant avant de se décider :

— Oui, c'est ça. Je l'ai achetée en 48. L'Antonine avait plus voulu de moi, elle était partie. Alors, avec ma Titine, on a vu du pays. Fallait bien ça pour se changer les idées.

— Bon, Léon, c'est où déjà la marche arrière ?

Léon parut sortir de son rêve, dévisagea Fanette, puis Cédric à ses côtés, qui, l'air renfrogné, tenait son cartable sur les genoux.

— Tu pousses le levier complètement en avant, sur la gauche.

Avec quelques hoquets, la voiture sortit de la grange. Fanette fit un signe à Léon, s'engagea sur le chemin, rattrapa bien vite la route de Chantelauze.

— Et l'assurance, Léon ? lui avait-elle fait remarquer. Et la vignette auto ? Vous voyez pas que je me fasse arrêter par les gendarmes ?

Le sabotier lui avait dit de ne pas s'en faire et qu'il arrangerait ça avec la maréchaussée, le cas échéant.

Bref, Fanette n'avait pas eu le temps de dire ouf ! Le marché était conclu. Et vogue la galère.

— Tu parles d'un engin !

— Ouais, fit Cédric, apparemment peu emballé par l'antique véhicule.

— Qu'est-ce qu'il y a ? T'as pas l'air dans ton assiette. C'est la rentrée qui te rend de mauvaise humeur ?

— Non, non, je résiste pour pas rigoler, au contraire !

Ils arrivèrent aux premières maisons de Chantelauze. Tout de suite après une grande courbe sur la gauche, le collège leur apparut, longue bâtisse grise dominant tout le haut de la ville et qui ressortait des brumes matinales ainsi qu'un navire sur les flots.

— Tu te rends compte que, moi aussi, j'ai été élève dans ce bahut ?

Non, Cédric ne devait pas se rendre compte et tourna ostensiblement la tête pour ne pas avoir sous les yeux l'image du bâtiment scolaire où on allait l'enfermer au cours d'une longue semaine, jusqu'au vendredi soir.

La 2 CV peina pour gravir la dernière côte, et, à hauteur du boulodrome municipal, lieu de rendez-vous des joueurs de longue le samedi et le dimanche, Fanette fut contrainte d'enclencher la première, ce qui eut pour effet de déchaîner une cacophonie d'engrenages martyrisés, de bielles et de ressorts ulcérés qu'on traitât la mécanique de la sorte. Un groupe d'élèves en route pour l'école se retourna au bruit, et Cédric eut soudain très honte d'être le passager d'une voiture antédiluvienne.

A l'entrée principale, un grand panneau, aux couleurs blanche, rouge et verte, indiquait : « Conseil général du Puy-de-Dôme, collège Livradois et Forez, Chantelauze. »

Fanette et son fils passèrent à la droite du panneau, puis s'engagèrent sur un plan incliné où une sculpture, représentant sans doute l'éloge du savoir, attira un instant leur attention.

— Madame Batisse, je suppose ?

Fanette sursauta. Face à elle, parut un homme d'une quarantaine d'années, costume bleu marine et cravate assortie, lunettes fumées lui conférant une forme de sévérité et de respectabilité.

— Je suis le principal du collège, reprit-il en tendant la main. Veuillez entrer dans mon bureau, je vous prie.

Comme tout ici avait changé depuis que l'élève Fanette avait quitté l'établissement ! Son fils sur sa gauche, elle prit place sur un siège en simili noir. Dans le bureau directorial, très clair grâce à trois larges fenêtres donnant sur la cour de récréation, un écran informatique affichait, avec des couleurs vives, des tableaux compliqués, tandis que, tout à côté, une machine bruyante laissait défiler des feuilles de papier surlignées de vert. Elle se crut un instant dans un train tant le bruit était comparable à celui d'une locomotive.

— Excusez-moi deux secondes, fit le principal qui appuya sur les touches d'un clavier, ce qui eut pour effet d'arrêter aussitôt l'engin, et celui-ci, après deux dernières velléités, finit par se taire.

— Ah ! reprit-il, cela fait du bien aux oreilles quand l'imprimante ne marche plus.

Il éteignit l'écran, s'installa derrière son bureau, fixa attentivement Cédric, puis Fanette, et de nouveau son élève.

— Cédric Batisse, dit-il. Inscription en classe de sixième. Tu seras interne. Très bien, très bien.

Il feuilleta un dossier en hochant la tête à chaque page.

— Vous revenez vous installer dans le secteur, si j'ai bien compris, fit-il soudain en se tournant vers Fanette. C'est bien de vouloir revenir vivre au pays.

Les formalités d'inscription furent brèves, à la suite de quoi le principal tint à préciser à Cédric qu'en sa qualité de chef d'établissement, il lui arriverait de le punir, sans doute, si cela s'avérait nécessaire, mais que son rôle essentiel serait, avant tout, de l'aider au long de sa scolarité.

— N'hésite pas à venir me voir, pour quelque problème que ce soit, lui dit-il une fois encore en guise de conclusion, si bien que, grâce à ces paroles, Fanette s'en retourna avec un peu moins de peine au cœur.

Elle s'installa dans son antiquité qu'elle faillit ne pas faire redémarrer, jeta un dernier coup d'œil un brin nostalgique à ce collège de sa jeunesse, où désormais son fils étudierait, et passa la première vitesse.

Elle dévala la butte, se dirigea vers le centre du bourg de Chantelauze, gara la voiture sur la place de la mairie. Deux vieilles dames, qui, cabas au bras, faisaient leurs emplettes, la dévisagèrent longuement, cherchant à mettre un nom sur ce visage qui ne leur était peut-être pas inconnu. Plus loin, un employé communal installait des barrières métalliques en prévision de travaux futurs pour un mur de soutenement. Elle passa près de l'homme, crut le reconnaître. N'était-ce pas un certain Gouttetoquet qui avait été élève de classe pratique en même temps qu'elle ? Oui, sans doute, c'était lui, le crâne un peu dégarni et le visage bouffi. Elle poursuivit pourtant son chemin : inutile de s'arrêter et de lui parler ; l'autre, sûrement, ne se souviendrait pas d'elle.

Ensuite, Fanette entra à la boulangerie où elle acheta une couronne de pain bis cuit au bois. Bien aimable, la boulangère, dont le visage, aussi, lui était familier. Décidément, elle était ici en pays de connaissance ; aucune personne, pourtant, ne réagissait à sa vue. Etait-ce la longue parenthèse de sa vie citadine qui l'avait à ce point changée ?

Elle en était là de ses pensées et s'apprêtait à entrer au *Casino* pour faire provision de quelques fruits quand elle entendit quelqu'un qui l'appelait sur le trottoir d'en face.

— Fanette ! Ho ! Fanette !

Elle se retourna, ne la reconnut pas tout d'abord, dans sa minijupe moulante, ses collants noirs et sa blondeur.

— Tu fais bien la fière ! reprit la femme qui arborait un large sourire.

Après avoir laissé passer une voiture, elle traversa pour rejoindre Fanette.

— Tu me reconnais pas ?

— Je... non...

— Régine ! Ta copine Régine ! On en a pourtant fait des tours pendables, toutes les deux !

Oui, ça y était, elle la remettait. C'était tout de suite après la mort de la mère, juste avant qu'elle rencontrât Jacques. Régine et elle avaient alors coutume de se mesurer en un combat bien singulier : c'était à qui épinglerait le plus de garçons au bal du samedi. Il faut dire que Fanette avait dû s'incliner la fois où sa copine avait porté son record personnel à treize conquêtes dans la même soirée.

Les deux femmes s'embrassèrent avec chaleur sous le regard presque désapprobateur des petites vieilles au cabas qui continuaient leurs courses en papotant.

— Ah ! ben ça, alors ! si je m'attendais ! fit Fanette. T'es devenue blonde ?

— Eh oui. Mais viens donc, on va aller se boire un café pour fêter nos retrouvailles.

Elles entrèrent au bar des Sports où une multitude de trophées (coupes et fanions) s'alignaient sur une étagère au-dessus du comptoir. Le patron du bistrot, un gros homme à la tête chenue, qui suçait une Gitane maïs en versant à boire à ses clients, leur souhaita le bonjour. Régine semblait bien le connaître et lui cria du fond de la salle :

— Raymond, sers-nous deux petits noirs.

Elle fouilla dans son sac, en sortit un paquet de Marlboro, tendit une cigarette à Fanette en faisant :

— Tu fumes toujours, je suppose ?

— Non, plus.

— Hé bé ! Tu t'es acheté une conduite ? Alors, dis donc, raconte-moi voir ce que tu deviens.

Régine était ravissante. Maquillée à outrance, habillée à la dernière mode, avec un rien de provocation dans le sourire comme dans la tenue, elle semblait se moquer éperdument des regards de convoitise qu'elle suscitait chez deux individus en bleu de travail en train de se siffler un petit blanc-cassis au comptoir. Elle alluma une Marlboro, aspira une profonde goulée qu'elle rejeta tout aussitôt en l'accompagnant d'un élégant mouvement de la tête, puis réitéra sa question.

— Ce que je deviens ? Eh bien, voilà, je me suis installée à Espinasse.

— Vrai ? Tu es revenue dans ce trou ?

— Ce trou, c'est mon pays, et j'y suis mieux qu'en ville.

— Te fâche pas ! Te fâche pas ! Feu de Dieu, Fanette, tu t'emportes toujours aussi vite qu'avant ! Non, sérieusement, t'es pas en train de me raconter des salades ?

Alors, Fanette expliqua le pourquoi de son retour, comment, seule avec un enfant, elle n'avait plus été capable de supporter la ville et sa vie trépidante. Voilà, elle n'en dit pas davantage, sachant au fond d'elle-même que personne, jamais, ne pouvait se mettre à la place de quiconque.

— Et tu vas vivre de quoi ? s'inquiéta Régine. Tu as tout de même un gosse à élever !

— J'ai quelques économies. Avec ça, j'ai le temps de voir venir, et puis, une fois que je serai bien installée dans mes murs, je me mettrai peut-être à vendre des produits naturels. Ça marche pas mal aujourd'hui. Y en a qui recherchent tout ce qui est écolo.

Régine partit d'un grand éclat de rire qui fit se retourner, une fois de plus, les deux individus du comptoir.

— Et tu penses faire fortune avec ça ?

— J'ai pas besoin de faire fortune. Non, je veux vivre, c'est tout.

A son tour, Régine raconta sa vie. Elle s'était mariée à un agriculteur d'un certain âge, qui avait endossé des responsabilités syndicales et lui avait apporté une forme d'aisance matérielle. Adjoint au maire de Chantelauze, candidat (malheureux) aux élections du conseil général, René Gouttebel était devenu un personnage important au pays.

— Il fait de l'élevage en gros. Poulets, pintades, dindes, enfin, tout ce qui vole, tu vois le genre. Mais pas du tout, mais alors pas du tout écolo, le René.

Lui, ce qui compte, c'est le rendement. T'imagines, de la bonne grosse volaille engraissée aux hormones pour ces gens de la ville que tu apprécies tant.

Régine écrasa sa cigarette dans le cendrier, but une gorgée de café, ajouta :

— Mon mari est aussi le président du club de foot. Alors, le bar des Sports, je connais, tu penses.

Les deux amies se séparèrent après s'être promis de se revoir.

— Tu viens chez moi quand tu veux, dit Régine. De toute manière, tu peux pas te tromper, c'est la dernière maison sur la droite en sortant de Chantelauze, en direction d'Ambert.

Elle se tourna soudain vers les deux buveurs de blanc-cassis.

— Dites-moi, vous deux, vous voulez peut-être ma photo ?

Le visage rouge, ces deux têtes de dindons baissèrent le nez dans leurs verres, et Fanette pensa que, décidément, ni les années ni le mariage n'avaient assagi la fougue de Régine.

— Ça s'est passé comme tu voulais ? T'as pas eu d'ennuis avec Titine ?

Léon Tarrit était sorti sur son devant de porte. Sans doute, la vétusté du véhicule lui avait-elle fait craindre le pire pour Fanette, et devait-il guetter le chemin depuis un bon bout de temps déjà.

— Des ennuis ? Non. Une fois qu'elle a démarré, elle tourne comme une horloge, votre 2 CV.

— Eh bien, tu sais pas, je te la donne. Garde-la, elle est à toi.

— Mais, Léon, c'est pas possible ! je...

— Si, si, garde-la, je te dis. Moi, tu vois, je suis trop vieux maintenant pour conduire. Allez, je m'occupe de tout pour la mettre à ton nom.

Il se détourna soudain, fixant avec intensité la façade de sa maison, et Fanette ne vit que son dos quand il articula d'une voix sourde :

— Ma Titine, je la gardais pour le cas où l'Antonine aurait voulu revenir. Alors, avec, je serais allé la chercher. Mais maintenant, c'est plus la peine. Si ça se trouve, elle est peut-être morte, l'Antonine, à l'heure qu'il est. Aussi, tu vois, vaut mieux que tu en profites, toi.

Il eut un geste vague de la main, comme pour dire que cela n'avait plus d'importance, puis il rentra chez lui en courbant l'échine.

« Si ça se trouve, elle est peut-être morte... » Et Fanette pensa que l'attente désespérée du vieil homme était bien pire encore que sa propre certitude.

VI

Quatre semaines... Quatre longues semaines à se présenter tous les jours au service de réanimation du centre hospitalier de Clermont-Ferrand. Après s'être annoncée à un guichet, Fanette se rendait dans une salle d'attente, petite pièce confinée de trois mètres sur trois, sans aucune ouverture sur l'extérieur, où un néon grésillait.

Au bout d'un certain laps de temps, une infirmière la prenait en charge. Il fallait marcher le long d'un couloir tout blanc. L'on atteignait enfin une porte au-dessus de laquelle clignotait une lumière rouge-orangé. Une fois passé ce sas, le monde était différent, presque irréel. Quinze lits appareillés s'étalaient sur toute la longueur et étaient, pour la plupart, recouverts d'un voile, tandis qu'à proximité de chacun s'allumaient et s'éteignaient des lampes vertes, jaune clair, violettes. De gros tuyaux en plastique, reliés à un soufflet qui semblait respirer, alimentaient en oxygène les blessés, qui se trouvaient tous plongés dans un coma profond. Une sorte de râle épais, régulier, quasi humain, émanait de cette énorme machinerie sans que l'on pût en déceler l'origine.

Le lit de Jacques était le dernier de la rangée, audessous d'une petite lucarne ovale où se distinguait un coin de ciel, si bien que Fanette avait toute la longueur du service à traverser avant de retrouver son mari et lui prendre la main. Arrivée près de lui, elle lui parlait doucement, lui chuchotant des mots à l'oreille, et elle se persuadait qu'il les entendait, les comprenait.

Les yeux clos, le teint cireux, Jacques était quasiment mort, et n'eût-ce été cette assistance respiratoire qui animait son thorax sur un rythme régulier, on eût pu le considérer comme tel.

Un interne de l'hôpital avait expliqué à Fanette que, tant que la traînée sombre de l'électro-encéphalogramme ne serait pas étale, on pourrait dire qu'il était encore vivant. Alors, la jeune femme aimantait son regard vers ce stylet à l'agitation fébrile qui dessinait des montagnes et des vallées sur une feuille quadrillée qui défilait.

Au retour, elle était effondrée. Elle ne restait jamais très longtemps dans cette salle de réanimation, et, chaque fois, c'était pour elle un supplice que de s'en aller, de laisser Jacques entre la vie et la mort, plus mort que vif, d'ailleurs, et sans qu'aucun progrès, jamais, ne lui permît la plus petite lueur d'espoir.

A la sortie du CHU, généralement Marielle Plancard l'attendait. Elles arpentaient toutes deux les rues de Clermont : une fois encore, il était essentiel de changer les idées de Fanette.

Et puis, il fallait aller chercher Cédric chez sa nourrice. Ça n'était pas une mince affaire. Pensez donc : le gosse réclamait son père à cor et à cri. Et allez lui faire comprendre que jamais, sans doute, il ne le reverrait !

Ce matin-là, il neigeait sur Clermont-Ferrand. Une neige drue, tissant un réseau vertical dense qui obstruait la vision et étouffait les bruits familiers de la ville : démarrages aux feux, coups de Klaxon, roulements sur l'asphalte. On eût dit une immense étoupe isolant la cité du reste du monde. La cathédrale, avec ses deux grandes flèches noires qui se perdaient dans les nuées, paraissait impuissante, malgré sa masse et son grand âge, à endiguer ce flot dégringolant d'un plafond-couvercle aux limites imprécises.

En ouvrant ses persiennes, Fanette avait ressenti durement la froidure piquante de ce mois de février. Elle referma vite la fenêtre, puis s'assura que les radiateurs du chauffage central fonctionnaient bien.

Cédric avait pleuré une partie de la nuit et elle avait été obligée de le prendre avec elle dans son lit. Sans doute avait-il un peu de fièvre, et des quintes de toux l'avaient fait rejeter avec violence ses draps et ses couvertures. Ce matin, il s'agirait de bien l'encapuchonner au moment de le conduire chez la nourrice.

La sonnerie du téléphone retentit et, sans s'expliquer pourquoi, Fanette sut à ce moment-là que l'irréparable était arrivé. Elle posa la main sur le combiné, compta jusqu'à cinq avant de décrocher.

— Madame Batisse, disait une voix de femme qui s'efforçait d'être douce. Madame Batisse, il faut que vous veniez tout de suite à l'hôpital.

Immédiatement, elle avait appelé Marielle. Son amie s'était occupée de tout : conduire Fanette au CHU, laisser au passage Cédric chez sa nourrice, accomplir les formalités administratives et, surtout, la soutenir moralement, ce dont elle avait le plus besoin.

Le corps de Jacques reposait à la morgue. Les traits à présent détendus, il semblait dormir d'un sommeil réparateur. Fanette voulut l'embrasser sur les lèvres. Leur froid glacial faillit la faire hurler. Quelqu'un lui avait posé une main sur l'épaule, cherchait à la tirer en arrière.

— Fanette, arrête. Ça sert à rien. Tu te fais du mal.

C'était Marielle. En retrait, Gilles, son mari, les avait rejointes et jetait des yeux affolés sur la dépouille. Une ride s'était creusée au milieu de son front. Sans doute comprimait-il une violente envie de pleurer.

A Espinasse, les dernières chutes de neige avaient fait passer la toiture de la maison Chassaing au travers, et un énorme trou béait à présent en surplomb de la cheminée.

Charitable, la Germaine Barland avait proposé d'accueillir chez elle le cercueil avant le départ pour le cimetière. Non, Jacques n'avait jamais été croyant ; aussi Fanette n'avait-elle pas jugé utile de passer par l'église.

— Merci, Germaine. Sans vous, je ne sais pas ce que j'aurais fait.

— Ma pauvre fille, c'est bien normal de s'entraider quand on est dans la misère.

Mais, au fond d'elle-même, la vieille femme avait pensé que Fanette ne s'était pas montrée très raisonnable de laisser se délabrer ainsi la maison des parents, et qu'il ne fallait pas non plus qu'elle fût bien respectueuse des usages pour enterrer son mari, comme ça, sans le secours de la parole du bon Dieu.

Au moment où le corbillard arrivait au cimetière de La Ripaudie, des flocons aériens, légers comme des duvets, planèrent au-dessus de la maigre assistance. Durcie par le gel, la terre craquait sous les pas. La complainte glacée du grand vent s'élevait des sapins. Février épelait ses rigueurs. Fanette fixait intensément cette large fosse ouverte dans le caveau de famille où reposaient déjà son père et sa mère. Et son mari allait maintenant les rejoindre, ces beaux-parents qu'il n'avait jamais connus. Quelle serait leur cohabitation dans la mort ?

Fanette crut soudain entendre un grand rire issu des bois, tout là-haut, et d'instinct, elle pensa à Gilbert. C'était lui, oui, ce fichu diable d'Espinasse, qui avait entraîné Jacques dans la mort, suivant la promesse qu'il lui avait faite, un jour de l'été 80, lorsque tous deux s'étaient battus comme des chiffonniers.

« Tu le payeras. Tu le payeras. » Fanette leva la tête. Il était là, le noiraud aux cheveux couleur de neige, derrière sa longue barbe grise et son rire sarcastique, et il l'épiait, se délectait de ses larmes, la pupille vipérine brillant d'un plaisir malin. Il arborait le port fier de celui qui, de haute lutte, a fini par remporter le combat.

— Salaud ! Salaud ! murmura Fanette.

Elle ferma les poings et les paupières, serra les mâchoires, réussit à ne pas crier. Marielle, à son côté, la prit aux épaules, la maintint longtemps ainsi, immobile, comme figée.

Quand Fanette rouvrit les yeux, le fossoyeur avait déjà jeté deux ou trois pelletée de terre sur le cercueil. Cela produisait un choc sourd au contact du bois, et l'homme, qui ahanait à chaque coup de rein en tirant sur le manche, était entouré d'un nuage de vapeur.

— Allez, viens maintenant, disait Marielle. Viens, il n'y a plus rien à faire.

Elle était montée à l'arrière dans la voiture des Plancard, garée un peu en contrebas de l'entrée principale du cimetière. En passant devant le portail rouillé, son regard avait croisé, derrière la vitre, celui de Gilbert Rouchon.

Gilbert Rouchon qui lui souriait.

Il avait les lèvres luisantes.

Les années, les années, les années...

Mammouth, voiture, nourrice, appartement. Puis l'école avait pour Cédric remplacé la nourrice. Fanette avait aussi changé d'appartement, s'était rapprochée de son lieu de travail.

Peu à peu, elle s'habituait à sa vie sans homme au foyer, et son chagrin avait perdu de sa violence. S'y était substitué une sorte d'accablement perpétuel, comme un poids trop lourd qui pèse sur les épaules et fait courber l'échine.

Le mois d'août arrivait, elle retrouva l'Espagne ensoleillée en compagnie de Gilles et Marielle. Des hommes la regardaient lorsque, étendue sur le sable, elle se savait l'objet de convoitise. Alors, des désirs fous montaient dans le creux de ses reins, des envies d'étreintes, de posséder et d'être possédée.

La rentrée, cette année-là, revêtit pour Cédric une importance particulière : il passait à la grande école. Finie, la maternelle ; les choses sérieuses allaient pouvoir commencer. Mais la vie d'écolier est dure quand la maman travaille et qu'il n'y a plus de papa. Aussi, livré à lui-même, le garçon perdit pied rapidement. Il se faisait gronder et, régulièrement, était puni pour travail non fait. A la veille des vacances de Noël, l'institutrice convoqua Fanette.

— Cédric aurait des possibilités, lui dit-elle en substance. Le problème est qu'il est un gros paresseux, allergique à quelque effort que ce soit.

— Je sais, j'étais comme ça, répondit Fanette.

Et, c'était vrai, elle se sentait incapable de réprimander son fils. N'avait-elle pas suivi les mêmes errances quand elle était élève et que le directeur du collège la punissait à tour de bras ?

Et puis, Cédric se doutait de quelque chose. Sa mère s'était mise à faire toilette et elle, qui jamais, auparavant, n'avait usé d'artifices, se maquillait maintenant à outrance.

— Tu as un bon ami, ma parole ? lui dit un jour Cédric.

Elle s'était sentie rougir, avait balbutié un semblant d'explication. Le regard de son fils était accusateur : non, elle n'avait pas le droit d'oublier Jacques et de refaire sa vie.

Elle rencontrait Jean-François chez lui, après son travail. A *Mammouth,* il était le chef du rayon boucherie. Divorcé, deux enfants qu'il avait en garde un samedi sur deux et ramenait à leur mère le dimanche soir, il avait longtemps courtisé Fanette avant qu'elle ne lui cédât.

— Tu n'as de comptes à rendre à personne, lui faisait-il comprendre, et moi non plus. Nous sommes libres ! Si je te plais un petit peu, qu'est-ce qui nous empêche d'être heureux ?

Mais Fanette ne lui avait jamais accordé de venir coucher à la maison. Et pourtant, un samedi, il s'était présenté à l'appartement.

— Allez, je vous emmène au restaurant ce soir, avait-il proposé dans un sourire éclatant.

— Qui c'est celui-là ? avait simplement remarqué Cédric avant de lui tourner le dos et de se plonger dans une bande dessinée sans plus se soucier de l'intrus.

Jean-François n'avait pas insisté. Alors, Fanette et lui ne se rencontraient plus qu'à la va-vite quand leurs emplois du temps respectifs le permettaient, ce qui n'était guère fréquent.

— Tu le vois encore, l'autre guignol ? demanda un jour Cédric.

Fanette et lui étaient en train de regarder une émission quelconque à la télévision, et rien n'avait laissé prévoir cette question abrupte. Fanette ne sut que répondre à son fils.

— Qu'est-ce que tu dis ?

— Je te demande si l'autre rigolo, il compte faire ce que papa faisait avec toi. Parce que, si ça lui arrive, il a intérêt à courir vite et à planquer ses fesses !

— Cédric !

Reçu dix sur dix, Fanette. Plus question de se remettre en ménage. Et surtout pas avec Jean-François.

— Est-ce que tu as le droit de te sacrifier entièrement à ton enfant ? lui avait fait remarquer Marielle à qui elle s'était ouverte de ses tracas. Enfin, tout de même, tu peux vivre, toi aussi !

— Mais non, tu ne comprends pas, tu n'as jamais eu de gosse, tu ne sais pas ce que c'est.

Fanette avait regretté ces paroles. Gilles et Marielle, qui n'avaient pu avoir d'enfant, vivaient un véritable drame. Aussi Marielle accusa-t-elle le coup.

— Pardon, dit Fanette, c'est pas ce que je voulais dire. Il ne faut pas m'en vouloir.

Elle rompit avec Jean-François, revécut les mêmes instants de solitude qu'à l'époque où son mari l'avait abandonnée. De nouveau, les chansons de Brel, révélatrices de ses angoisses, emplirent l'appartement. Elle acheta une grande photo en noir et blanc, qui le représentait sur la scène de l'Olympia, et l'accrocha au mur de sa minuscule salle de séjour. Souvent, quand elle était seule chez elle, elle entrait en contemplation devant le beau visage pathétique du chanteur, tout ruisselant, larmes et sueur confondues.

A la Toussaint, cette année-là, au petit cimetière de La Ripaudie, Fanette vint se recueillir sur la tombe familiale. Cela ferait cinq ans, bientôt, que Jacques était parti. Il serait peut-être temps que l'on gravât son nom sur la pierre.

— Pourquoi papa il est pas marqué ? s'était étonné Cédric.

Oui, à vrai dire, pourquoi ? Fanette n'y avait jamais vraiment songé. Cela avait si peu d'importance. Et pourtant, elle s'était trouvée toute bête, avec son pot de chrysanthèmes dans les bras, quand son fils lui en avait fait la remarque. Allons, elle se débrouillerait pour réparer cet oubli au plus tôt.

A Espinasse, elle rendit visite à la Germaine Barland.

— Ta maison, terminé, tu la redresseras plus, elle tombe en ruine, lui dit la vieille femme sur un ton de reproche.

Elle avait l'air désabusé, la Germaine ; elle semblait en vouloir à cette époque folle qui dépeuplait les campagnes pour entasser toutes ces fourmis ridicules dans des villes-dortoirs.

— Et toi aussi, tu es partie. Et tu reviendras plus, maintenant.

— Qui sait, Germaine ? Qui sait ?

En compagnie de Cédric, elle s'était promenée dans le village. Ils avaient rencontré en chemin Léon Tarrit, le sabotier, qui avait ouvert son atelier à l'enfant. Tout fier qu'il était, le Léon, de parler de son métier, de montrer ses outils, la tarière à vis, le racloir, la cuiller, le paroir.

— Regarde bien, petit, regarde bien. Dans quelques années, tu pourras dire que tu as vu un des derniers sabotiers de notre époque. Tu t'en souviendras, dis ?

Plus loin, après le pont sur la Faye, Fanette et Cédric étaient entrés dans la cour de la vieille ferme des grands-parents Tourlonias. Bien que chargée d'années, elle paraissait robuste encore, cette maison construite en pierres de granit, plus solide en tout cas que celle du père et de la mère Chassaing, qui s'était écroulée comme un château de cartes.

— T'as vu, m'man, y a un sauvage tout habillé de poils qui nous regarde.

Appuyé sur le parapet du pont, canne à la main, recouvert d'une grande cape en laine de brebis de la même couleur passée que sa longue barbe, Gilbert Rouchon dardait sur eux son regard sombre où s'allumaient des flammèches. Il resta ainsi cinq interminables secondes à contempler la mère et son fils. Ensuite, en maugréant, il tourna les talons et remonta vers la Faye.

— Qui c'est, m'man ? fit Cédric dont une lueur d'inquiétude alluma la prunelle.

Fanette observa quelques instants de silence.

— Qui c'est ? finit-elle par dire. Ça serait trop long à t'expliquer. Et puis, tu ne comprendrais sûrement pas.

Elle se tourna du côté de la vieille ferme dont elle sembla vouloir incruster en elle la lourde silhouette grise. Puis son regard parcourut la ligne de crêtes, vers le bois du Merle qui dessinait une frontière bleuissante juste en dessous du ciel.

Fanette se prit à rêver.

— Ça te dirait, Cédric, de venir vivre ici ?

— Hein ? Qu'est-ce que tu dis ?

Le garçon ne débordait pas d'enthousiasme. Fanette répéta :

— Eh ben oui, quoi, on pourrait habiter ici, chez mes grands-parents. L'autre maison, c'est pas la peine d'en parler, elle tient plus debout.

De ce jour, dans sa tête, se profila peu à peu l'idée d'un retour au pays. Elle avait semé la graine. La récolte surviendrait au moment opportun.

Le travail de caissière avait de moins en moins d'intérêt pour Fanette. Huit heures d'affilée, avec les coups de folie au moment des fêtes de fin d'année, les clients pressés, grincheux, insolvables, les tricheurs aussi, les pauvres bougres, parfois, qu'elle avait envie de laisser passer, comme ça, sans payer, pour le plaisir de faire plaisir.

— J'en ai marre, si vous saviez ! répétait-elle à l'envi à ses collègues alignées comme elle derrière leurs caisses.

Marielle, la sage Marielle, l'amie des bons conseils et des moments difficiles, s'efforçait de l'exhorter.

— Pourquoi te plains-tu ? Tu as un travail, tu gagnes ta vie. Tout le monde ne peut en dire autant.

Bien sûr, elle le savait. Dans cette société où sévit le chômage, elle pouvait se considérer comme une privilégiée. Mais il n'y avait pas que ça.

Cédric... Cédric était livré à lui-même et risquait de mal tourner. L'école, ça marchait de plus en plus mal. Si encore elle avait eu le temps de l'aider pour ses devoir ! Mais non, avec ses horaires fous, ça n'était pas possible.

Des voisins s'étaient plaints auprès de Fanette de dégâts occasionnés par son rejeton. Il faisait partie d'une bande de jeunes garçons qui semaient la terreur dans le quartier. De véritables délinquants en puissance, et qui avaient eu maille à partir par deux fois déjà avec la police.

Là-bas, vers l'est, là où le soleil se lève, était un pays qui saurait les accueillir, elle et son fils. Un pays. Son pays. Espinasse de son enfance, de sa jeunesse. La maison de ses grands-parents maternels était toujours debout. Plus le temps passait, plus Fanette envisageait de tout plaquer là, et surtout son travail, ce sale boulot ingrat, pour partir vivre là-bas, dans ce village que peut-être elle n'aurait jamais dû abandonner.

— Qu'est-ce que t'en penses, Cédric ?

Rien. Cédric n'en pensait rien. « Boff ! », « Ouais », « Peut-être » : ce n'étaient pas des réponses. Aurait-elle dû lui dire qu'il n'y aurait là-bas plus la télévision, plus le réfrigérateur, et plus l'ordinateur qu'elle lui avait offert le Noël dernier pour essayer de le retenir à la maison ? Elle n'en avait pas eu le courage.

A Espinasse, aussi, vivait un bougre maléfique. Gilbert lui faisait peur encore, à Fanette, comme au temps où, petite fille, elle s'enfuyait sous son regard. Il était le Mal, la saleté, la souffrance et la haine.

Pourquoi retournait-elle là-bas ? Se l'avouerait-elle un jour entre quat'z-yeux, face à son miroir ?

Alors, Marielle avait eu beau argumenter, bien peser le pour et le contre, réexaminer le contre et le pour : rien n'y fit. La tétaraude avait fait son choix.

Elle vendit tout : voiture, téléviseur et réfrigérateur. Elle rangea dans le fond d'un carton l'ordinateur de Cédric pour le cas où, prévint de son retour la vieille Germaine Barland, posa sa démission de caissière sur le bureau du chef du personnel.

Voilà, ça y était.

DEUXIÈME PARTIE

LE DIABLE D'ESPINASSE

« Sois ce que tu voudras, nuit noire, rouge aurore ;
Il n'est pas une fibre en tout mon corps tremblant
Qui ne crie : *O mon cher Belzébuth, je t'adore !* »

Charles BAUDELAIRE,
Les Fleurs du mal (Le possédé).

VII

La journée allait être lumineuse, ce vendredi 26 mai 1944 à Saint-Etienne. Le soleil inondait le cours Fauriel, les oiseaux ramageaient sur les hautes branches, l'air embaumait le lilas, senteurs suaves, parfums d'amour. La guerre paraissait loin, tellement loin.

A dix heures, Augusta Jolissaint ressentit les premières douleurs. Ainsi donc, ce serait pour aujourd'hui. Et Johanny, son homme, qui était parti ! Toujours à courir par les routes, ce bougre de phénomène. Dans les affaires, qu'il disait. Pour sûr, elles devaient être un peu louches, ses affaires ! Enfin, bref, son petit, elle le ferait toute seule, puisque Johanny n'était pas là pour s'en aller quérir l'accoucheuse.

A trente-six ans, elle n'était pas particulièrement jeunotte, bien sûr, pour enfanter. Ça passerait sûrement moins facilement qu'une lettre à la poste. Allez, courage, Augusta, le mauvais moment sera bien vite oublié ensuite.

Elle s'allongea sur le lit qu'elle n'avait pas encore eu le temps de faire. Par la fenêtre ouverte lui parvenaient les échos de la rue, disputes entre voisins, saluts échangés, souffle du vent dans les jeunes feuillages. Quelque temps, les contractions semblèrent s'espacer et elle s'appliqua à bien respirer en contemplant au mur tout salpêtré, face à elle, une image pieuse assez défraîchie.

L'image, tout soudain, se mit à trembler. Dehors, des sirènes diffusèrent un hurlement répercuté aux quatre coins de la ville. Cela dura de longues minutes, avec des variations d'intensité, un lancinant appel qui envahissait l'espace et le rognait pour finir par se l'accaparer tout entier. Aux abris ! La consigne était suffisamment claire pour qu'Augusta, malgré son état, l'eût compris. Vite ! Elle était devant l'impérieuse nécessité de se lever, de descendre les étages et se réfugier dans les caves de l'immeuble. Elle s'assit sur le lit en se tenant le ventre. Puis, en s'agrippant aux montants métalliques, elle fit quelques pas, ouvrit la porte de sa chambre.

Le silence... Un inquiétant silence avait succédé au bruit des sirènes. Deux ou trois cavalcades dans le bas des escaliers parvinrent encore à ses oreilles. Ce fut rapide, une porte claqua, un bébé se mit à pleurer. Puis rien.

Une contraction, plus forte que toutes les précédentes, la plia en deux sur le palier du premier étage. La cave était si loin encore.

Et, tout à coup, ce fut l'enfer. Le bombardement commença à dix heures vingt. Une grêle de feu inonda Saint-Etienne, un fracas ininterrompu de mitraille, des souffles d'explosions, des cris, des hurlements d'effroi, des pans entiers d'immeubles s'écroulant sous les bombes.

— Mon Dieu, protégez-moi, suppliait Augusta, affalée sur le palier, dans le noir.

L'immeuble était secoué, tremblait tout entier sur ses fondations. Il tenait bon, pourtant, et sa vieille carcasse faisait le gros dos. Des blocs de plâtre dégringolèrent par la cage d'escalier, arrosant la femme qui se protégea comme elle put. Le travail d'expulsion avait commencé. Elle haletait, de grosses gouttes de sueur se mélangeaient aux larmes, elle répéta une fois encore :

— Mon Dieu, aidez-moi !

Une explosion plus violente détacha de l'étage des briques qui volèrent en éclats et s'engouffrèrent par les marches. Augusta en reçut une de plein fouet sur le front.

— Au secours, cria-t-elle. Si ça n'est pas le bon Dieu, qu'au moins le diable m'aide !

Et elle s'évanouit.

Quand elle revint à elle, une femme d'une cinquantaine d'années, au teint hâlé, cheveux gris, bouche édentée et relents de sauvagine, s'affairait auprès du bébé, un gros garçon au corps brunâtre, quelque peu bleuissant, et qui luisait par plaques.

— Ha ! Ha ! Ha ! fit-elle soudain à la vue d'Augusta qui reprenait ses esprits.

Son rire était mauvais, sentait le soufre.

— Ton garçon, il est né sous des torrents de flammes. Ça sera un serviteur du diable !

— Qui êtes-vous ? dit Augusta.

Elle était allongée sur un matelas très sale, posé à même le plancher. Au-dessus d'elle, la femme finissait de laver l'enfant qui hurlait comme un forcené.

— T'en as, de la chance, d'avoir accouché sous les bombes !

— Qui êtes-vous ? reprit Augusta.

— A ton avis, qui puis-je bien être ?

Elle observa un instant de silence, puis, de nouveau, éclata de rire.

— Le diable ! Je suis peut-être le diable ! Oui, c'est ça, regarde-moi bien, je suis le diable.

Augusta pensa qu'elle avait affaire à une folle. Elle voulut se mettre sur son séant, mais une douleur fulgurante au ventre l'obligea à se recoucher.

— Allons, ma mignonne, va pas faire d'imprudence et arrête de t'agiter comme ça.

La femme enveloppa le nouveau-né dans un linge, puis le tendit à sa mère qui le reçut sur sa poitrine.

— Regarde comme il est beau, ton fils. Lui aussi, tu vois, c'est déjà un vrai diable. Ha ! ha ! ha ! Au fait, comment c'est que tu l'appelles, ce petit démon ?

Comme Augusta ne paraissait pas vouloir répondre, l'autre enchaîna :

— Moi, je m'appelle Gilberte Sanitas-Rouchon. Ton mouflet, je l'ai mis au monde, je suis donc un peu sa marraine. Ça te dirait de l'appeler Gilbert ?

Le bombardement avait été meurtrier, tout autant que ceux, le même jour, de Lyon, Nice et Marseille. Saint-Etienne comptait ses morts, pansait ses plaies. Gilberte Sanitas-Rouchon, qui habitait le rez-de-chaussée de l'immeuble où logeaient aussi les époux Jolissaint, hébergea Augusta et son fils.

— Ton appartement, là-haut, est passé au travers. Y a une bombe qui l'a pas loupé, pour sûr ! T'as sacrément bien fait de descendre des étages.

Et, en clignant d'un œil, elle ajouta :

— Tu lui dois une fière chandelle, à Satan.

Maintenant qu'elle avait retrouvé ses esprits, Augusta se souvenait vaguement d'avoir naguère croisé sur un trottoir, ou bien à l'épicerie du coin, son accoucheuse. Elle ne lui avait alors accordé qu'une très lointaine attention, ignorant même qu'elle logeait sous le même toit. Et pourtant, aujourd'hui, il fallait bien se rendre à l'évidence : si elle était encore vivante, et son bébé aussi, c'était grâce à cette femme un peu sale et sorcière, au teint barbouillé comme un ciel d'orage, aux joues creuses, au regard de jais qui glaçait jusqu'à la moelle.

La vie... La vie est tellement bizarre, qui prend parfois les sentes les plus tortueuses.

Le mardi 30 mai au matin, Gilberte découvrit Augusta Jolissaint gisant dans un bain de sang. Une hémorragie l'avait emportée dans la nuit, durant son sommeil. Et Gilberte, aussitôt, de se dire que le nourrisson lui appartenait désormais. Il porterait le nom de Rouchon, comme son mari dont elle était veuve depuis quinze ans. Ils n'avaient pu avoir d'enfant et même le diable, appelé à la rescousse, n'avait daigné leur donner satisfaction. Il se rattrapait aujourd'hui, sans doute, avec ce bébé de la sale guerre qu'il lui jetait dans les bras.

Oui, mais le sieur Jolissaint, le mari d'Augusta ? S'il rappliquait soudain, cet animal ! Vite, il n'y avait pas de temps à perdre, il fallait décamper. Gilberte profita de la pagaille ambiante consécutive au bombardement de la ville pour fuir avec le bébé. Rouchon, son homme, avait jadis hérité d'une propriété du côté de l'Auvergne. Ils y étaient allés une fois, aux tout débuts de leur mariage. Par Satan, voilà le coin perdu où elle jouerait son rôle de mère !

Le soir du 30, elle prit la poudre d'escampette, son paquetage sous un bras et le gamin sous l'autre. La première nuit, elle coucha dans une grange. Des fermiers l'hébergèrent, donnèrent du lait au petit. Elle parla de Saint-Etienne sous les bombes : ces gens-là furent émus et, dès le lendemain, ils lui firent un brin de conduite en carriole à cheval, pour la rapprocher du village où il lui fallait se rendre. Le 3 juin, en début d'après-midi, elle s'installa à Espinasse. Gilbert avait dorénavant une mère et un foyer.

Les premiers souvenirs... Ils furent pour cette femme noiraude, vivant recluse, mal acceptée par les gens du village qui eurent tôt fait de la taxer de sorcellerie. D'où venait-elle ? Qui était-elle ? On savait simplement que la guerre l'avait obligée à fuir. La masure qu'elle occupait ? C'était celle de feu son mari, un certain Rouchon, dont les plus anciens se souvenaient pour l'avoir entr'aperçu une fois ou deux, on ne savait plus très bien à quelles occasions.

Et ce bébé ? Elle était trop vieille pour qu'il fût à elle ! Peut-être, tout simplement, était-ce son petit-fils ? Basta ! La guerre continuait, on avait d'autres chats à fouetter.

Le petit Gilbert grandissait. Il alla à l'école où, d'emblée, il se fit remarquer par une méchanceté bien au-dessus de la moyenne. Il mordait, griffait, pinçait, et aucun pensum, aucune correction ne le faisait reculer, de sorte que le maître et la maîtresse d'Espinasse n'en venaient jamais à bout. Au piquet, agenouillé sur une règle en fer, mains dans le dos, interdiction de se retourner : tu parles ! De retour à sa place, l'air buté et l'œil méchant, il remettait ça, ne craignant pas, surtout pas, de s'attaquer à de plus costauds que lui. Un teigneux ! Un véritable teigneux ! Et les instituteurs n'étaient, ma foi, pas mécontents du tout quand ce petit diable faisait l'école buissonnière, ce qui lui arrivait assez fréquemment.

Car la vie de Gilbert, dès sa plus tendre enfance, se passa dans la forêt. Là, il tendait des collets pour les lièvres, fabriquait des gluaux où venaient se prendre les grives, s'ingéniait à faire souffrir, à voir souffrir. C'était en lui une profonde jouissance, un picotement délicieux qui s'emparait de son corps. Par exemple, il était capable de rester des heures sans bouger à contempler une mouche qu'il avait jetée, vivante, en pâture au milieu d'une toile d'araignée. Et lorsque le monstre, après avoir ligoté sa victime, commençait à la sucer, à la vider de sa substance, quel régal ! Montait alors de son ventre une chaleur subtile qui se répandait et rayonnait dans tous ses membres, comme l'onde d'un caillou jeté dans la mare.

Après quoi, l'araignée repue, rentrée dans son repaire pour digérer, il convenait de lui faire payer son écot, à elle aussi. Alors, il craquait une allumette et mettait le feu à la toile ainsi qu'au monstre carnassier. Ah ! le grésillement des pattes en train de se consumer, et ce corps énorme qui devenait incandescent et puis fondait !

Sa mère refusa qu'il aille au catéchisme. A la vue du curé de la Ripaudie, qui s'en vint frapper un jour à sa porte pour la dissuader de laisser cet enfant sans religion, elle trépigna, hurla, cracha :

— Allez-vous-en, vieux corbeau ! Disparaissez de ma vue, et plus vite que ça ! Jamais, vous entendez, jamais mon Gilbert n'ira dans votre sale bicoque à bondieuseries !

Les habitants du village pensèrent qu'elle était de connivence avec Satan pour réagir de la sorte. C'était bien connu, les êtres envoûtés par le diable entraient en grande furie sitôt qu'ils apercevaient ne fût-ce qu'un pan de soutane. Quant à l'image du Christ sur la croix, son apparition suffisait à les mettre en transe : ils tremblaient, bavaient, hurlaient, et leurs forces étaient décuplées.

— Cette femme est dangereuse, avait dit un jour Léon Tarrit, le sabotier.

Elle passait à proximité juste à ce moment-là, se retourna soudain, dévisagea Léon en lui disant méchamment :

— Toi, ta femme, elle le sera plus longtemps, dangereuse, tu peux me croire !

Et, effectivement, l'Antonine déserta quelques jours plus tard le domicile conjugal. Aussi, le village entier pensa que Gilberte, pour une simple parole malheureuse de Léon, lui avait jeté un sort. On l'évita soigneusement, on s'écartait prudemment d'elle quand le hasard la mettait sur le même chemin. Elle fut la pestiférée, la maudite, et sa terreur de galopin ne valait pas davantage, qui furetait partout et jetait des regards qui auraient fait fuir au triple galop le pire des soudards.

Plus d'une femme — mais chut ! des hommes aussi —, passant à proximité de son taudis, se signait et récitait des prières pour chasser au loin le mal personnifié par cette femme.

L'année où Gilbert eut ses treize ans, elle tomba gravement malade. Une congestion cérébrale, sans doute, qui lui paralysa tout un côté et l'obligea à garder la chambre. Alors, on ne la vit plus par les chemins. Seule, parfois, sa tête hirsute de vieille folle se laissait deviner derrière ses vitres aux chiures de mouches. Son regard perçait l'épaisseur du carreau, il était cause d'un long frisson qui parcourait l'échine et faisait accélérer le pas.

On se méfia aussi, et de plus en plus, du fiston. Il n'avait pas son pareil pour semer le trouble dans les familles, et il suffisait qu'il regardât les gens d'une certaine façon pour qu'on l'accusât de tous les maux de la terre. Ainsi, à Espinasse, le jugea-t-on responsable de l'épidémie de fièvre aphteuse qui décima les troupeaux de vaches. Oui, c'était lui, à coup sûr, qui avait jeté un sort aux bestiaux. A moins que la vieille, derrière ses vitres...

Il était devenu un grand jeune homme svelte, au port fier, à la démarche assurée. Quand il arpentait la rue du village, jamais un bonjour aux gens qu'il croisait, jamais une parole ni un sourire. Non, rien. Rien que cet air dédaigneux à l'égard de cette engeance qui les avait repoussés, lui et sa mère, sous prétexte qu'ils n'étaient pas du pays et venaient d'ailleurs. Et aussi ce regard, cette prunelle sombre qui semblait fabriquer des éclairs, véritable usine à fulgurances électriques qu'aucun autre œil ne pouvait affronter très longtemps.

— C'est quelqu'un, disait le Pierre Barland, tu le vois avec un panier rempli de montres au coin du bois, sûr que tu lui demandes pas l'heure !

Gilbert devint ainsi, jour après jour, un garçon peu recommandable, un de ceux qu'il vaut mieux avoir toujours dans le collimateur au risque de se faire fabriquer un petit dans le dos à la moindre seconde d'inattention, un sauvage, un être complètement inadapté à la vie sociale.

L'adolescence... Ce désir fou qui montait de son bas-ventre quand, tout seul au milieu du bois le plus noir, il bramait jusqu'à assouvissement. Cette semence qu'il éjaculait sur le tapis de mousse dans un dernier feulement de détresse. Cette honte, ensuite, dégoût de tout son corps, envie de tuer. La femme. La femme en général, cause de ses émois, artisan de sa défaite.

Et toutes ces filles qui déambulaient par les rues de Chantelauze, le samedi au marché, ou bien sur la place de La Ripaudie. Elles en prenaient, de ces poses, quand elles se savaient regardées par les mâles ! Gilbert les convoitait, ces belles demoiselles que les premiers beaux jours dénudaient. Et elles devaient le sentir, elles qui passaient à côté de lui, le frôlaient et éclataient de rire. Il te leur en aurait passé, lui, de ces simagrées, cette sale manie de se moquer de sa personne, de sa dégaine, de ses habits en loques. Les petites pestes ! Ah ! s'il avait pu !

Au village d'Espinasse, il y en avait une, de mijaurée ! L'air de se croire la plus belle, la plus ceci, la plus cela. Et pas vieille, encore. Six, sept ans, à tout casser. Ça venait juste de quitter le sein de sa mère et ça jouait déjà les grandes dames. A croire que ces femelles avaient le vice dans la peau !

Fanette, c'était son prénom — tu parles d'un prénom ! —, allait garder les vaches avec le fils Barland, ce jeune écervelé qui paraissait tout fier en si galante compagnie. Et le père de François qui faisait des gorges chaudes : « Alors, les amoureux, ça va-t'y comme vous voulez ? » Les amoureux ! Il te leur en aurait donné, lui, Gilbert, des « amoureux » ! Une belle garce, déjà, cette Fanette, et elle le faisait tourner en bourrique, oui, ce pauvre François Barland. Toutes les mêmes, ces chiennes, même les petites filles.

Alors, Gilbert s'amusa à faire peur à Fanette. Peut-être aussi était-il un peu jaloux que cette sauvageonne osât afficher si haut son esprit d'indépendance. Il joua donc au grand méchant loup, se cachant derrière les talus, surgissant à l'improviste dans le dos des marcheurs. Oh ! la belle trouille qui s'emparait d'elle, cette fillette délurée ! Et Gilbert en riait sous cape. Non, mais des fois !

Sans qu'il eût su le prévoir, un sentiment ambigu, jour après jour, l'envahit. Ainsi, il restait des heures et des heures à guetter le passage de Fanette et François. Puis il les observait quand ils étaient parvenus à la pâture, mangeant des yeux la demoiselle en incrustant son image dans sa mémoire.

Un jour de septembre, alors qu'il venait de poser des collets du côté du bois du Merle et s'en retournait à Espinasse, il entendit chanter dans un chemin, en contrebas. La voix était claire, fluette, les sons tombaient comme des perles de rosée sur les feuilles. Il s'approcha. Fanette, dont il ne distinguait que le dos et le cou tout blanc derrière des boucles de cheveux, se gavait de mûres. Elle prenait mille précautions pour ne pas se piquer aux épines du roncier et s'étirait pour atteindre les baies les plus hautes, ce qui relevait sa robe et lui découvrait l'arrière des cuisses. Il ne fut plus lui. Cette chair qui s'offrait... Cette peau brune, hâlée par l'été... La tenir entre ses jambes... L'irrésistible envie de serrer contre lui ce petit corps d'enfant... Il salivait. Son être tout entier était tendu vers l'objet de son désir. Par une ouverture du feuillage, il passa la tête. Une branche craqua, ce qui fit se retourner la fillette. Il lui sourit, et ça continuait de dégouliner de sa bouche. Soudain, une décharge électrique, et son sexe se déchaîna, vida par saccades toute sa semence dans son pantalon. Il eut un râle de dégoût, ne fit aucun geste pour arrêter Fanette quand il la vit détaler comme un lapin.

Elle avait disparu depuis cinq bonnes minutes à présent, et il était là, tout bête, appuyé au tronc d'un chêne rouvre, avec ce sperme qu'il sentait couler sur sa peau, sur ses poils, cette saloperie de sperme, tout froid, tout gluant, et qui avait fusé sans qu'il eût su le retenir.

C'était... C'était... Oui, c'était à cause des chèvres. Jamais il n'aurait dû !

Il s'écroula sur la mousse. Des guêpes et des mouches passaient en rase-mottes à côté de lui. Très haut, dans l'azur, un couple d'éperviers planait en traçant des ellipses. Quelque part, le tonnerre gronda.

VIII

Les chèvres avaient un tel visage humain ! Et cette mamelle gonflée qu'il fallait pétrir pour en soutirer le lait ! Il ne pouvait tout de même pas rester de marbre, par les cornes de Belzébuth ! Et puis, leur nid était si chaud, si moelleux, si accueillant, quand il s'y logeait. Jamais très longtemps, pour sûr, mais au moins ça soulageait ! Les brebis, c'était moins tentant. Encore que, quand on les dénudait de leur épaisse toison de laine...

Les gens... Gilbert le savait que les gens du village se payaient sa tête en parlant à voix basse de ses amours illicites. Quand donc l'avaient-ils surpris ? Dans un petit pays comme Espinasse, tout finissait par se savoir, et ce qu'on ignorait, eh bien, on l'inventait, et cela devenait alors une vérité plus vraie que nature.

— Tu sens plus mauvais qu'un bouc, par Satan ! lui dit un jour sa mère.

La vieille se doutait-elle de quelque chose ? Son rire trop sonore, sarcastique, le laissait supposer en tout cas, et Gilbert s'en trouvait mortifié au plus profond de son être, redevenant soudain un petit garçon pris en flagrant délit de faute inavouable.

— Ha ! Ha ! Ha ! reprit-elle. Voilà mon jeune diable qui devient rouge comme le brasier de l'enfer !

Elle ne se levait plus à présent pour épier, derrière sa fenêtre, ces maudits paysans qu'elle n'avait jamais pu souffrir, et qui le lui rendaient bien, d'ailleurs. Toute la journée, allongée sur son grabat pouilleux, elle soliloquait dans le silence de l'unique pièce où elle vivait avec son fils. Des escarres lui rongeaient la peau ; elle en aurait crié certaines fois quand, par la force des choses, il lui fallait se tourner dans son lit, changer de côté, trouver une position moins inconfortable.

— L'enfer, ça doit pas faire plus mal ! criait-elle alors dans les moments de grand désarroi.

Et elle gémissait, réclamant à cor et à cri Gilbert qui n'était jamais là, qui préférait courir la gueuse, sans doute, plutôt que de soigner sa vieille mère qui n'allait plus tarder à rendre son âme au diable.

Elle mourut un soir d'été pendant qu'un orage déversait des trombes d'eau sur le pays et que de gros nuages galopaient d'ouest en est en se fendant de colonnes de feu. La foudre résonnait d'un bord à l'autre de l'horizon, répercutée, amplifiée par les versants de la montagne, immense grondement en continu que balafraient les éclairs.

La nuit était presque tombée quand, trempé de la tête aux pieds, Gilbert réintégra sa masure. La mère était là, bouche et yeux grands ouverts, une main griffant le vide et l'autre crispée sur le drap dans un ultime effort.

Gilbert s'arrêta net sur le seuil. Suffoqué, paralysé par cette image de la mort, il n'osait refermer la porte derrière lui, par où la pluie s'engouffrait en puissantes rafales. Tout à coup, il y eut comme un fracas de fin du monde et une boule de feu fusa de la cheminée, traversa la pièce et se logea en face, dans le pisé du mur. Cela ne dura pas trois secondes et, immédiatement après, l'averse redoubla d'intensité sous la forme de grosses billes percutantes qui s'écrasaient en un roulement de cataracte.

Gilbert tira la porte ; le bruit des gouttes parvenait encore, assourdi. Tout remué par l'intrusion de la foudre dans la maison, et mouillé qu'il était par son retour sous la pluie, il grelottait. La mère semblait le fixer de son regard vide. Il avança dans la pièce, se dirigea vers un point opposé, se retourna : les yeux étaient toujours à le suivre, brillaient dans la pénombre comme deux feux follets.

Il se prit la tête dans les mains. Son cœur tapait fort ; il en percevait les coups de massue sur les tempes. Quel sentiment l'animait en cet instant précis ? Etait-ce de la peine, cette épaisse amertume — comme un goût de fiel — qui lui descendait au fond de la gorge ? Ou bien n'était-ce pas plutôt une délivrance, si longtemps attendue, si longtemps rêvée ?

Il s'approcha de la mère. Le silence était pesant. La pluie avait cessé, et seuls quelques sourds roulements dans les lointains, arrière-garde de l'orage, persistaient encore.

Gilbert était tout près, si près. Il eut soudain l'irrépressible envie de coller ses lèvres à celles de la morte. Tandis qu'il était sur le point d'y parvenir, un ressort se détendit en lui. Alors, il poussa un long hurlement de bête traquée, lacéra sauvagement le visage de la mère et, une insistante brûlure au bout des ongles, il fit volte-face et se précipita sous la nuit étoilée.

Quand il revint, quelques jours plus tard, Gilberte était enterrée dans la fosse commune, à l'entrée du cimetière. Le maire en avait pris, tout seul, la décision, puisque la famille n'avait pas daigné faire l'achat d'une concession. Nulle cérémonie religieuse pour la femme Sanitas-Rouchon que jamais personne n'avait vue à la messe du dimanche, et qui s'était même permis, en une occasion, de mettre proprement à la porte de chez elle le curé du village.

— Elle est bien où elle est, disait-on d'un commun accord.

— Pour sûr que là où elle se trouve, ça doit lui brûler les poils et puis le reste.

Lorsque Gilbert cheminait en compagnie de ses moutons et de ses chèvres, l'on prenait bien soin de ne pas croiser son regard d'encre. Complètement fou, le Gilbert, caché derrière sa barbe noire, épaisse, qui le faisait ressembler à Robinson sur son île déserte. Quant à l'odeur ! Pouah ! les horribles remugles dans son sillage !

Il n'en avait cure, du reste, se contentant de toiser cette vile populace craintive. Alors, il grimpait sur la montagne, certain qu'au moins là-haut la liberté l'attendait, sans le regard des autres. Au col du Béal, du côté de Pierre-sur-Haute, la terre de bruyère n'était pas la même. Très noire, comme par mimétisme, elle se vêtait de la couleur de son âme.

Oh ! les douces nuits qu'il y passait, allongé dans l'herbe odorante, à contempler le ciel clouté de la dorure stellaire et la lueur laiteuse de la pleine lune. L'aube arrivait vite en été et dessinait au loin les crêtes des Alpes, immense dentelle fugitive que les brumes effaçaient en un rien de temps.

Là était son royaume, un lieu unique que n'avait pas altéré la folie des hommes. Il lui fallait bien redescendre, pourtant, et retrouver ce sale troupeau de tous les gens. Au village, ils étaient francs comme des ânes qui reculent. Saloperie, va ! Tout juste bons à colporter des ragots !

Alors, un matin d'hiver au ciel plombé d'un lourd couvercle gris, Gilbert prit son balluchon, enfila ses bottes de sept lieues et, les quelques sous du produit de la vente de ses chèvres et de ses brebis en poche, il partit au hasard sur la route, sans un regard en arrière pour les maisons d'Espinasse qu'il comptait bien ne plus jamais revoir de sa chienne de vie.

Les crêtes du Forez à main droite, il obliqua plein nord, en direction de Thiers. A midi, il se trouva au sommet de la côte de Piboulet où il cassa une petite croûte, abrité des vents derrière un muret. Le ciel s'était dégagé et, au loin, du côté du couchant, il pouvait distinguer les lourds mamelons des volcans enchâssés d'un écrin de neige que dominait la silhouette balourde du puy de Dôme harponné par sa longue antenne du relais de télévision. Avant de reprendre la route, il eut une dernière vision de sa montagne du Béal qu'avaient saupoudrée de sucre les giboulées de la veille.

D'un pas décidé, il aborda la descente sur Courpière. Par-delà la petite ville, la plaine se dessinait, uniforme, encaissée sous les versants orientaux que suivait la rivière Dore. Brisées de légères courbures, les longues lignes droites paraissaient interminables. Enfin, au soir, adossée à son rocher, parut, après un dernier accident de terrain, la ville de Thiers avec ses maisons étagées. Vers Pont-de-Dore, il trouva une cabane de jardin et y passa la nuit.

La faim le réveilla au lever du jour, qu'orchestraient les roulades des merles dans les hautes branches d'un marronnier. L'estomac comprimé par les crampes, il se leva, sortit de son abri, contempla le ciel. L'horizon était net ce matin. Pas un nuage, pas une brume, et Gilbert pensa que cela était de bon augure, si bien qu'il se mit en route, en quête de nourriture. A la première boulangerie qu'il trouva, dans le bas de Thiers, il acheta une couronne de pain bis, en craqua un chanteau qu'il mastiqua tout en marchant. Plus loin, un bistrot ouvrait ses portes ; il y entra, commanda un café.

— Tu viens de loin, l'homme ? lui demanda le patron, un géant chauve au teint huileux dont les yeux sombres, enfoncés derrière les buissons bruns des cils, transperçaient.

Gilbert grogna un semblant de réponse, tourna la tête de l'autre côté.

— Tu chercherais pas du travail, des fois ? reprit le cafetier.

— Ça se pourrait. Qu'est-ce que t'as à m'offrir ?

Le patron tira une chaise, s'assit en face de Gilbert. C'était une force de la nature. Ses avant-bras poilus, que découvraient les manches retroussées de sa chemise, paraissaient puissants et musculeux.

— Je t'offre le logis et le couvert si t'acceptes de travailler pour moi, fit-il en plissant ses petits yeux malins.

— Tu vas me le dire, à la fin, ce qu'il faut que je fasse ! gronda Gilbert, excédé.

— Ben, toi, t'es pas un tendre ! rigola le patron. Mais ça fait rien, c'est pas pour me déplaire, au contraire.

Il se saisit d'une bouteille de gnôle qui trônait sur le comptoir, en bascula une lichette dans la tasse de Gilbert.

— Tiens, goûte, c'est de la bonne et ça te dégèlera les conduits au passage.

Il toussa bruyamment, cracha dans son mouchoir à carreaux, avança sa large paume vers Gilbert.

— Allez, tope là, dit-il en forme de conclusion. Je m'appelle Germain Trichard, et tu regretteras pas de travailler pour moi.

La nuit était venue, toute poisseuse. Quelque part, en contrebas, d'une rivière fluait un soupir cristallin que le brouillard enrobait de soie.

Germain Trichard en avait assez d'attendre. Il ouvrit la portière du break 404, sortit de l'habitacle et pissa sur l'herbe du talus. Un instant, le bruit puissant du jet d'urine recouvrit le murmure du cours d'eau.

— Vingt dieux, ça soulage ! dit-il en remontant la fermeture Eclair de son pantalon.

Assis à la place du passager, Gilbert ne bronchait pas. Sitôt qu'il bougeait un tant soit peu, le Skaï de la banquette avant se plaignait doucement et des ressorts grinçaient sous ses fesses.

— Bordel ! gronda soudain Germain, c'est pourtant pas leur habitude de se faire attendre !

Il se pencha vers son compagnon.

— J'espère que c'est pas toi qui nous portes la guigne !

Gilbert grogna quelque chose, regarda ailleurs. La nuit était opaque, pesait lourd sur les crânes.

La voix de rogomme du cafetier perça de nouveau le silence :

— Nom de Dieu ! C'était bien à dix heures au carrefour de la route de Vichy qu'on avait dit !

Gilbert haussa les épaules. Il en savait quelque chose, lui ! Il avait accepté ce boulot, histoire de voir venir et d'être au chaud et au sec pour quelques jours. Le reste, il n'en avait rien à faire. Et quant à ce qu'il transportait comme marchandises dans son coffre, le patron, pour ça, valait mieux faire comme s'il l'ignorait ; ça n'était pas son problème.

Germain Trichard égrena un nouveau chapelet de jurons :

— Nom de Dieu de nom de Dieu ! Sûr qu'il leur est arrivé quelque chose.

Il se rassit derrière son volant, alluma une cigarette.

— Putain ! que tu sens mauvais ! rugit-il à l'adresse de Gilbert, que cette remarque désobligeante ne fit pas ciller, et qui demeura le regard noir fixé sur la nuit.

Le plafonnier éclairait le visage de Trichard, ridé comme une vieille pomme. De son nez énorme, bourgeonné et violacé, fusait la fumée de sa cigarette. Une voiture passa tout près à vive allure et le déplacement d'air secoua légèrement le break.

— Allez, on fait demi-tour, on a assez attendu.

Le cafetier mit le contact, démarra. Ils roulèrent ainsi pendant deux ou trois kilomètres sur la même petite route qu'ils avaient prise à l'aller.

— Putain ! c'est pas possible, tu te laves donc jamais ? fit Germain qui, malgré le froid vif, entrouvrit sa vitre et aspira une grande bolée d'air piquant.

Soudain, une centaine de mètres environ après une courbe sur la droite, dans une descente, ils furent aveuglés par les lumières bleues tournoyantes de trois girophares.

— Merde ! cria Germain. Les flics ! C'était donc pour ça qu'ils n'ont pas pu passer, les autres.

En un instant, il prit sa décision, appuya sur la pédale d'accélérateur, força le barrage. Le moteur rugit, s'emballa ; la caisse fut violemment secouée en envoyant voler au loin une balise. Les sifflets des gendarmes s'affolèrent dans la nuit, il y eut même un coup de feu.

— On est passés ! hurla Trichard. Maintenant, s'agit de pas se faire rattraper.

Il se tourna vers son compagnon. Gilbert était affaissé sur la banquette. Il le toucha au niveau du cou, sentit le sang chaud et gluant.

— Nom de Dieu ! ils l'ont eu ! fit-il.

Il enfonça à fond l'accélérateur, déboucha à un carrefour, reconnut la route qui conduisait à Clermont-Ferrand et s'y engouffra.

Le plus urgent, pensa-t-il, était de se débarrasser du corps de son acolyte. Il roula encore une dizaine de kilomètres. A hauteur d'un petit bois de bouleaux, il tourna à droite dans un chemin creux, s'arrêta et, sans couper le moteur, il fit basculer le blessé qui eut un râle au moment où il toucha le sol.

Le monde était bleu. Tout bleu. Avec de minuscules billes blanches qui s'agitaient, tout en haut, dans les coins. C'était marrant. C'en était presque beau. Cette impression de flotter. D'être en suspension dans le vide. De s'être délesté de cette enveloppe charnelle qui alourdissait tant l'existence.

Des nuées filaient au milieu d'un univers éthéré jusqu'à un point où elles disparaissaient pour se recréer tout aussitôt dans un tournoiement confus, une sorte de juste retour des choses et d'éternel recommencement. Le bruit était doux, comme l'étrave d'un navire qui fend les flots pour s'ouvrir la route au plein milieu de l'océan.

L'envie d'aller plus loin. Toujours plus loin. De ne jamais s'arrêter. Et surtout pas de faire marche arrière.

Mais un jour — un jour ? , ce monde perdit sa couleur bleue. Il devint rouge. Rouge sang. Cela s'agitait comme dans une fourmilière. Des centaines, des milliers de fourmis rouges aux pattes énormes, incandescentes, allaient, venaient. Leurs yeux étaient de grosses loupes orangées où se reflétait la lueur de flammes courbées par un vent fou, un vent interstellaire.

Gilbert naviguait sur un navire fantôme, rouge lui aussi, un immense navire en fusion qui bouillonnait de partout en glissant sur un magma d'où émergeaient des têtes folles, aussitôt englouties. Il reconnut ainsi Gilberte, sa mère, et aussi deux ou trois chèvres avec lesquelles il avait eu affaire et dont les barbiches s'enflammaient, ce qui provoquait chez elles de grands bêlements de rire. Dans un ciel ocre où sombrait un astre immense en libérant une lave de feu, des avions noirs déversaient des torrents de mitraille, et il avait l'impression d'avoir déjà vécu ce moment, jadis, dans un milieu liquide où il nageait dans du sang. Dans son propre sang.

D'autres figures connues apparaissaient parfois, disparaissaient, resurgissaient dans la seconde qui suivait. Le gros Germain Trichard, avec sa tête chauve et brillante, comme passée au papier de verre, était le plus régulier à ces rendez-vous qu'il ponctuait de jurons et de blasphèmes. Mais il y avait aussi des gens d'Espinasse, cette saloperie de maudit village où les maisons en pisé et en pierres de granit fondaient comme neige au soleil. Ah ! la Fanette ! elle faisait moins la fière, cette délurée, dans les flammes de l'enfer ! La jupe relevée, les fesses rosissantes, les poils du pubis complètement roussis... Garce ! Ça te faisait du bien, hein ?

Plus bas. Encore plus bas. Gilbert dégringolait en même temps que cette coulée incandescente orange. Et ça brûlait dans sa tête, ça atteignait des températures de plusieurs millions de degrés, à la limite extrême de l'implosion.

Soudain, ce fut le calme.

Un vent sidéral s'était levé, soufflait régulièrement à ses oreilles, qui se gonflaient comme les voiles au grand mât d'un navire, tandis que la couleur rouge s'estompait, s'éclaircissait.

Un matin, Gilbert revint de son voyage et c'était le printemps.

Une femme blanche, en blouse blanche, se penchait sur lui, lui tenait le poignet. La pièce aussi était blanche ; dehors, des oiseaux chantaient. La femme lui sourit, il ferma les yeux, ne les rouvrit que lorsqu'il entendit se refermer la porte et s'éloigner les pas de l'infirmière.

Où était-il ? Qui était-il ? Il s'efforça de tourner la tête, mais son cou était raide. Par la fenêtre, face à lui, une ramure laissait deviner des bourgeons déjà bien avancés, prêts à éclore.

Après ces premières impressions d'un retour à la vie, de nouveau il sombra. Il se réveilla une autre fois. C'était la nuit. Une veilleuse éclairait faiblement sa chambre. Il était perfusé, branché en plusieurs endroits de son corps. Patiemment, il attendit le matin, les lueurs de l'aube et le chant printanier des oiseaux dans les arbres du parc. S'il n'y avait eu cette douleur lancinante à la base du cou, il se serait presque senti mieux, comme revigoré. Pour un peu, il se serait levé.

Une infirmière entra pour vérifier la perfusion. Le voyant réveillé, elle lui adressa un sourire et quelques mots. Ils ne répondit ni à l'un ni aux autres. Plus tard, l'équipe médicale au grand complet, orchestrée par un homme autoritaire, au verbe haut et au port fier, s'agglutina de part et d'autre de son lit. Le médecin parlait une sorte de charabia, ses assistants opinaient du chef, certains prenaient des notes sur un calepin.

C'est deux jours plus tard que la police vint le voir. D'instinct, Gilbert joua le jeu de l'amnésie.

— Vous vous appelez Gilbert Rouchon, fils de Gilberte Sanitas-Rouchon et de père inconnu, vous habitez Espinasse, sur la commune de La Ripaudie, département du Puy-de-Dôme. Que vous est-il arrivé ?

— Sais pas.

Le policier était un homme grand et maigre, au nez en bec de perroquet, aux petits yeux de fouine cillés de noir. Il tourna les pages d'un dossier peu volumineux, continua sa litanie sur un ton monocorde.

— Vous étiez soutien de famille, hein ? Ça vous a dispensé de service militaire.

Gilbert observait les cartes de géographie que la couperose avait dessinées sur les joues de cet homme.

— Qui a tiré sur vous dans la nuit du 26 février dernier ? reprit brusquement le policier.

Visiblement, le mutisme du blessé l'excédait. Ses lèvres et son menton se mirent à trembler, il referma violemment son dossier qu'il enfouit dans une serviette en cuir noir.

— Il faut le laisser, à présent. Vous voyez bien qu'il n'est pas en état de vous répondre.

La voix de l'infirmière blonde invita poliment le policier à remettre à plus tard son interrogatoire, et il sortit mécontent. L'infirmière s'approcha alors de Gilbert, lui prit le pouls.

— C'est vrai, lui fit-elle, vous n'avez vraiment aucun souvenir de ce qui s'est passé ?

— Vous êtes de la police, vous aussi ? répondit-il sèchement.

Une semaine plus tard, il put se lever, faire quelques pas dans la chambre. Tout de suite, il se dirigea vers le lavabo auquel il se cramponna fermement quand il vit son image dans la glace. Les cheveux et la barbe poivre et sel ! Un grand trou à hauteur du cou, dans la ligne de mire d'une profonde entaille derrière la tête, vers l'occiput. Ah ! il était réussi avec cette nouvelle teinte du système pileux ! On l'avait complètement rasé, sans doute pour l'opérer. Cheveux et barbe avaient repoussé, bien sûr, mais s'étaient délestés de leur couleur brune d'origine.

Quelque temps après, dans la matinée, la même infirmière blonde lui fit cadeau d'un journal ancien.

— Tenez, lui dit-elle, en page 2, on parle de vous. Ça vous permettra peut-être de retrouver vos souvenirs...

Gilbert ouvrit *La Montagne*. C'était une édition clermontoise du samedi 28 février 1970. Il lut :

PRÈS DE LEZOUX, UN INDIVIDU DÉCOUVERT
DANS UN BOIS

« Un promeneur a découvert hier matin dans un bois, tout près de l'agglomération de Lezoux, le corps inanimé d'un individu. L'homme, âgé de vingt-cinq à trente ans, semble avoir été la victime d'un règlement de comptes, une balle lui ayant traversé la tête de part en part. Alertés aussitôt, les sapeurs-pompiers transportaient immédiatement la victime au centre hospitalier de Clermont-Ferrand où son état était jugé critique. Une enquête est en cours.

Toute personne ayant été, de près ou de loin, témoin de cette affaire, est priée de se mettre en contact rapidement avec le commissariat de la ville. »

A la page suivante de ce même journal, Gilbert put lire :

Délit de fuite

« *Dans la nuit de jeudi à vendredi, un individu au volant d'un break de type Peugeot 404 a forcé un barrage mis en place par la brigade territoriale de Thiers. Les forces de police ont dû faire usage de leurs armes, mais le chauffard court toujours. On pense que le...* »

Le journal tomba des mains de Gilbert. Il s'était assoupi.

IX

Par trois fois, encore, le policier revint voir Gilbert et, à chacune de ses visites, il ne put tirer de lui autre chose que : « sais pas » ou « me rappelle plus ce qui s'est passé ». La victime n'était vraiment pas très coopérative, c'est le moins qu'on puisse dire !

— Mais enfin ! s'énervait le représentant de l'ordre, vous devez bien savoir si quelqu'un vous voulait du mal au point de vous tirer dessus comme un lapin !

Et Gilbert s'étonnait que personne, jamais, n'eût fait le rapprochement entre son affaire et l'épisode du barrage de gendarmerie forcé par un « chauffard ». Il est vrai que la balle avait traversé sa tête de part en part, et comme Germain Trichard l'avait « déposé » à des kilomètres de l'endroit de l'accrochage... Ah ! évidemment, si elle s'était logée quelque part du côté de sa cervelle, quelqu'un, parmi les fins limiers de la police, aurait alors compris qu'elle provenait de l'arme d'un des gendarmes qui avaient ouvert le feu. Bon, mais ce grand sec, là, à côté de son lit, n'avait pas l'air d'être particulièrement fin limier. Après une ultime tentative, il rangea son dossier dans sa serviette en cuir et classa l'affaire.

Gilbert allait de mieux en mieux, arpentant, plusieurs fois par jour, le long couloir de l'hôpital. Son cou était raide encore, et il éprouvait des difficultés à tourner la tête, si bien qu'un masseur, chaque matin, venait le rééduquer en lui faisant effectuer les mouvements idoines à une plus grande souplesse des articulations.

Il se regardait souvent dans la glace. Du Gilbert ancien, il ne restait que les yeux noirs. Le reste, et jusqu'au teint, depuis qu'on le forçait à se laver, avait tellement blanchi !

Fin mai, il quitta l'hôpital pour une maison de repos sise à Durtol, sur les hauteurs de Clermont-Ferrand. Le parc était agréable ; des essences végétales peu courantes, comme ce cèdre du Liban à l'ombre duquel il aimait à s'asseoir, apportaient une note exotique.

Toujours taciturne, pourtant, le Gilbert, et deux ou trois pensionnaires, hommes et femmes, qui s'étaient essayé à engager avec lui une conversation, en avaient été pour leurs frais. Alors, il demeurait seul, contemplant à ses pieds la ville de Clermont qui étalait ses tentacules sur la plaine de Limagne. La plaine... Il avait si peu l'habitude de ces paysages plats qui se prélassaient mollement sur des kilomètres et des kilomètres. Au loin, tout là-bas, fermant l'horizon vers l'est, il pouvait distinguer la silhouette trapue du massif du Forez et ses montagnes bleuissantes qui s'effaçaient le soir. Là était toute sa vie. Sa chienne de vie.

Début juillet, on lui signifia que son séjour à Durtol approchait de son terme. Il prit donc ses cliques et ses claques, monta dans un train, se retrouva, le soir de la fête nationale, dans la bonne ville de Thiers qui s'ébahissait au spectacle de son feu d'artifice. A un bal populaire en plein air, à grands renforts de canettes de bière, il commença par prendre une cuite mémorable et termina la nuit dans un fossé, en bordure d'une route à forte circulation.

Il était là, le vrai Gilbert, tel qu'en lui-même, vautré dans sa crasse et dans ses vomissures. Au petit matin, la tête lourde et les jambes flageolantes, il repartit en maudissant l'univers. Les hommes étaient des larves, et les femmes, des putains ; il aurait insulté tous ceux qu'il croisait.

Tiens, en particulier, il y avait dans les parages un citoyen à qui il devait un chien de sa chienne : le dénommé Germain Trichard, plus précisément. Gilbert dirigea donc ses pas vers le café de son ex-patron, dans les bas quartiers de Thiers. Oh ! le fichu salopard de Germain ! Parti sans laisser d'adresse, avec la seule mention « Fermé » apposée sur le rideau métallique. Gilbert tapa du pied et balança un caillou en direction du bistrot, se jurant qu'il le retrouverait, ce bandit, fût-ce en enfer s'il le fallait.

Cet été-là fut merveilleux, du côté des Bois Noirs. Au col de Saint-Thomas, près de l'endroit où un panneau portait l'inscription *« Ici commence l'Auvergne, ici finissent la France et le Forez »*, il avait déniché une cabane de berger et se l'était appropriée. Tout confort, en plus, avec un vieux matelas en mousse ocellé d'urine, mais qui faisait parfaitement l'affaire. Le gibier était abondant, le bois pour le feu en quantité inépuisable, et les nuits claires et étoilées. Que rêver de mieux quand on était, comme lui, un homme de la nature ?

De temps en temps, il descendait de ses hauteurs en direction de Chabreloche ou de Noirétable, achetait du pain, quelques litres de bière, deux ou trois camemberts. Il était connu comme le loup blanc ; du reste, il avait fini par s'intégrer au paysage.

La maréchaussée aussi s'intéressa à lui, procéda à un contrôle d'identité et l'arrêta pour délit de vagabondage. Ainsi, au début du mois de septembre, quand les nuits commencent à être fraîches dans la montagne, les gendarmes de Noirétable le coffrèrent. Vingt dieux ! la prison avait du bon, on y était au chaud et au sec ! Il y resta très peu, se retrouva sur les chemins et réintégra sa cabane du col de Saint-Thomas.

La saison de chasse commençait. Il était à prévoir que les Tartarin locaux ne seraient pas très heureux de la présence dans leurs bois de ce concurrent déloyal qui tendait ses pièges en toute impunité. Et ce qui devait arriver arriva.

Gilbert posait un collet dans un fourré où, la veille, il avait décelé des crottes de lièvre sur la mousse. La nuit tombait, l'étoile du Berger se détachait de plus en plus nettement sur la voûte céleste. Des craquements de brindilles le firent se retourner. Trois hommes en bottes et treillis étaient là qui l'encerclaient.

— Bouge pas, ou t'es un homme mort !

L'un des chasseurs pointait sur lui le canon de son fusil. En rigolant méchamment, il ajouta :

— J'en ai assez là-dedans pour te faire un gros trou dans ta sale peau de bohémien.

Le deuxième enchaîna :

— Alors, comme ça, on vient empiéter sur notre territoire de chasse ? Ils sont bons, les lapins de la garenne ? Tu les trouves à ton goût ? Ou bien tu préfères qu'on te prépare la sauce qui va avec ?

Quant au troisième larron, il lui balança un coup de pied dans le bas-ventre qui le plia en deux.

En mauvaise posture, le Gilbert. Et l'autre, là-haut, qui le mettait en joue, avec son sourire goguenard et sa bouche lippue qui luisait.

— Foutez-moi la paix, bordel ! leur cria-t-il.

— Et il est pas poli, en plus ! Tiens, attrape ça !

Gilbert reçut un coup de crosse derrière la nuque et perdit connaissance.

Quand il reprit ses esprits, il était au beau milieu d'un champ, affalé de tout son long parmi les taupinières, avec une sourde douleur qui avait réveillé ses blessures anciennes.

— Ah ! les bougres de salauds ! grommela-t-il.

La lune quasi ronde dispensait une lueur blanche et cotonneuse, si bien qu'on y voyait comme en plein jour.

Péniblement, Gilbert se leva, se tâta en plusieurs endroits de son corps. Non, rien n'était cassé, il pouvait bouger, mettre un pied devant l'autre, faire quelques pas. Fichues taupinières ! Il s'affala sur la première motte de terre, la tête lui tournait un peu. Quelques instants, il resta ainsi, à se demander s'il allait pouvoir reprendre la route.

Dans une poche, il sentit quelque chose de dur. C'était un carton, plié en quatre. Il l'ouvrit et lut l'inscription écrite au feutre rouge : « *Premier et dernier avertissement. T'amuse plus à remettre les pieds au pays, sinon...* »

Sinon quoi ? Ils allaient voir, ces bandits ! Mais, par Satan, qu'il avait mal à la tête ! Au fait, où était-il ? Où donc ces enragés l'avaient-ils transporté ?

Il rejoignit un chemin de terre, le prit au hasard dans un sens. Au bout d'une dizaine de minutes, il déboucha sur une route goudronnée qu'il remonta sur la droite. Tout près, à deux ou trois kilomètres peut-être, brillaient les lumières jaunes d'un village. Sur une borne, il lut : « *Billy 2 - Vichy 12* ».

— Fichtre ! Ils m'ont fait faire un beau voyage, ces salauds ! se dit-il.

A l'entrée de Billy, le cours d'une rivière s'étirait sous la silhouette d'un château ancien. Une remise était ouverte ; il y entra, se coucha dans un coin avec toujours cette insupportable douleur à la tête.

Lorsqu'il repartit, le soleil, déjà haut, dénouait des écharpes blanches qui s'effilochaient vers les prairies descendant au fleuve. Gilbert marchait d'un bon pas depuis une heure environ. Billy était loin dans son dos. A la boulangerie, on l'avait regardé de travers quand il avait demandé une baguette bien cuite. Mais, bon, il avait encore de quoi payer, ces salauds lui avait laissé sa monnaie. C'était déjà pas si mal !

Cela lui tomba dessus sans prévenir. Il sentit ses jambes se dérober, il vit des étoiles danser sur la route et, patatras ! par terre. Il se réveilla dans une chambrée de quatre. Hôpital de Vichy. Observation. Plusieurs semaines d'examens. Des électrodes branchées en de multiples endroits de son crâne. Rien. On ne trouva rien. Il put repartir. De nouveau sur les routes, Gilbert.

Octobre allait bientôt s'épeler au passé. La mauvaise saison arrivait. Sans doute n'était-il pas fait pour être chemineau. Allons, à Espinasse, il avait encore une maison qui tenait un petit peu debout. Les gens seraient étonnés de sa réapparition, eux qui devaient le croire mort pour de bon.

Il fit son entrée au village le 2 novembre à cinq heures du soir. La Germaine et son homme, le Pierre, eurent un mouvement de recul en le voyant. Pareil pour la Thérèse Chassaing, la mère de cette délurée de Fanette, et itou pour le Léon Tarrit, qui était en train de pisser sur son devant de porte à ce moment-là. Tous, autant qu'ils étaient, ils auraient aperçu le diable en personne que ça n'aurait pas été pire ! Et cette barbe et ces cheveux qui avaient blanchi ! Où était-il passé pour s'être transformé de la sorte ?

La maison sentait le moisi. Dans le fond de la pièce, le grabat où sa mère était morte s'était complètement affaissé au travers du sommier tandis que du plafond tombaient, à intervalles réguliers, des gouttes obstinées. Ploc ! Ploc ! Ploc ! C'était comme un appel du temps qui passe, le salut des absents.

Gilbert posa des récipients sur le plancher : de vieilles boîtes de conserves, une seille, des casseroles, et le bruit des gouttes, amplifié, sembla remplir la vieille bâtisse tout entière. Il alluma une bougie, sortit de son balluchon un quignon de pain, un saucisson et un fromage, se mit à table. Il mangea en mastiquant lentement les aliments et but au goulot un fond de bouteille de bière achetée le matin du côté de Courpière.

C'est à cet instant que ça le prit. Le désir de la femme. Là, tout de suite, sans plus attendre. Une femme ! Il lui fallait une femme ! Et vite ! Il sortit de la maison. Tout près, une fenêtre était allumée à la ferme de la Thérèse Chassaing. Il s'approcha, colla son nez contre la vitre.

Par tous les diables ! La faible ampoule de la cuisine éclairait Fanette et sa mère. Elles étaient en train de manger la soupe, assises face à face, silencieuses. Elle avait pris de ces formes, la Fanette ! Ah ! pour sûr, ça n'était plus la petite fille qu'il avait connue naguère et qui lui donnait déjà bien de l'émoi quand elle passait par les chemins ! Non, une vraie demoiselle, avec des seins, des hanches, un fessier. Et de ces jambes longues à la peau fine ! Gilbert sentit de la bave dégouliner de ses lèvres. Et il rugit en atteignant le comble de l'extase, tout seul dans le noir.

Dès ce moment, Fanette devint son idée fixe. Il la voyait la nuit dans ses rêves et la guettait le jour, la suivant de loin, tapi à la lisière des bois. A en devenir fou, certaines fois, quand le désir était si violent qu'il s'épanchait tout seul, sans qu'il eût pu le contrôler. La garce ! Elle devait le savoir, sans doute, qu'elle mettait le feu en lui. Et toujours à se tortiller quand elle marchait. Toutes pareilles, par Satan ! Pas une seule pour sauver les autres ! Cette race, ça ne savait point faire deux pas sans se déhancher !

Alors, Gilbert rongeait son frein. Il entreprit quelques travaux dans sa maison, replaça quelques tuiles, colmata les brèches, replâtra la grande pièce du rez-de-chaussée. C'est à cette occasion, d'ailleurs, qu'il trouva, tapie dans le trou d'un mur, la cagnotte de la mère. Il y avait là quelques milliers de francs, toutes les économies sur sa pension que la vieille avait entassées au long de ses années de galère. Avec cette somme, il racheta des moutons et des chèvres et fit l'acquisition d'un bouc. Tudieu ! qu'il puait, l'animal ! Gilbert était battu. Et même à plate couture.

Et l'on venait de loin, pour son bouc. C'est qu'il était un sacré drôle, ce bouc, ne rechignant jamais à besogner les gentes chèvres qu'on lui offrait en gâteries. Gilbert en riait sous cape, mais plus encore de la tête de tous ces paysans qui se présentaient à lui pour quémander les services de son mâle. Certains faisaient moins les farauds quand ils se trouvaient seuls à l'étable en présence du « diable d'Espinasse », comme on venait de le surnommer depuis son retour au pays, après tous ces mois d'absence.

— Alors, c'est combien qu'on te doit ? demandaient-ils en grande hâte, désireux de s'en aller au plus vite après le fruit consommé par leur bête.

— Tu donnes ce que tu veux, répondait Gilbert, qui n'avait pas de tarif fixe pour les prestations de son géniteur.

Aussi, dans la peur que le mauvais sort leur tombât sur le râble, les « clients » se montraient généreux et n'attendaient pas leur monnaie avant de déguerpir en compagnie de leur chèvre rassasiée.

Des migraines, souvent, saisissaient Gilbert à l'improviste. Alors, il en aurait crié tellement ça lui comprimait le crâne. Un étau aux mâchoires puissantes serrait, serrait. Tout allait éclater, sûrement, du côté de sa cervelle. Et tout ça par la faute de ce brigand de Germain Trichard, qui l'avait entraîné dans cette folle aventure où il n'avait, lui, absolument rien compris. Ah ! le fichu salaud que ce Trichard ! La vengeance est un plat qui se mange froid, et Gilbert saurait s'en souvenir un jour ou l'autre. C'était comme pour ces satanés chasseurs du col de Saint-Thomas. Eux aussi, le moment venu, il s'occuperait de leur cas.

Le lendemain d'un jour où sa migraine avait été particulièrement violente, Gilbert prit sa décision : retourner à Thiers au café de l'autre gros veau et, s'il était revenu, lui faire sa fête. Cet après-midi-là, il prit donc au carrefour de la route de Chantelauze le car des transports Rivoyre qui le conduisit à la ville coutelière. On était fin mars, le soleil musardait avant de se coucher. Gilbert attendit que la nuit fût complètement tombée et marcha d'un bon pas en direction du bistrot qu'éclairait une lumière sale. Il colla son museau aux vitres embuées et regarda. Il y avait là deux ou trois consommateurs arabes que le comptoir empêchait sans doute de s'affaler. Pleins comme des barriques qu'ils étaient, et, de l'autre côté, en manches de chemise et crâne luisant comme une boule de billard, oui, c'était lui, ce fumier de Trichard.

Gilbert serra les poings, fit un effort sur lui-même pour ne pas défoncer la vitrine et aller lui fracasser la tête, à cette ordure. Cinq bonnes minutes, il resta ainsi, à un mètre de la porte d'entrée, sans faire un geste. Une voiture approchait. Pour ne pas être repéré, Gilbert se précipita dans une remise adjacente au bistrot. Tiens donc ! le break 404 du soir de l'équipée ! Quelle bonne surprise ! Que de joyeux souvenirs cela rappelait !

Il resta tapi dans le garage. Oui, ça y était, il la tenait sa vengeance. Deux jerricanes pleins d'essence avaient été entreposés là. Par la barbe de Belzébuth, le beau feu d'artifice d'enfer que ça allait produire !

En criant à tue-tête et en chantant, les Arabes sortirent du bistrot. Gilbert passe la tête par l'ouverture de la remise et les vit s'éloigner en titubant. Quelques instants plus tard, Germain Trichard, à son tour, ouvrit la porte pour s'aérer, fit quelques pas dans la rue, s'immobilisa et, jambes écartées, soulagea sa vessie. Puis il rentra et Gilbert entendit le verrou qu'il poussait.

Les lumières du bistrot étaient éteintes depuis une bonne demi-heure maintenant. Là-haut, à l'étage, le patron s'était couché. Gilbert attendit dix minutes encore avant de se décider. Alors, il vida consciencieusement les jerricanes sur le sol en prenant bien soin de ne pas oublier la voiture dont il arrosa généreusement tout l'habitacle. Dans un coin, il y avait aussi un lot de pneus usagés et de chambres à air qu'il regroupa en tas avec des cartons et des emballages en matière plastique. Voilà ! Tout était prêt. Il ne restait qu'à ouvrir la fenêtre pour que l'ensemble s'embrase plus vite. Il craqua une allumette qu'il jeta sur le sol. Bleutée, la flamme courut à l'horizontale en suivant le parcours tracé par l'essence épandue. Puis les langues de feu s'épaissirent, devinrent jaunes, orangées, tirèrent sur le rouge. Le break 404 fut encerclé. Les portières ouvertes, la voiture s'offrait de tous côtés à la fois.

Ce fut cet instant que choisit le pyromane pour déguerpir. Sans prendre le temps de refermer derrière lui la porte du garage, il détala dans la rue, fit cent mètres et attendit.

La déflagration secoua les immeubles à l'entour, les flammes montèrent rapidement, illuminèrent tout le quartier tandis que des dizaines de têtes inquiètes se penchaient aux barres des fenêtres.

— Au feu ! Au feu ! Appelez les pompiers !

En pyjama, Germain Trichard gesticulait au milieu de la chaussée. L'explosion avait fait voler en éclats la devanture de son bistrot, et il demeurait là, impuissant, devant les langues rougeoyantes qui avaient déjà attaqué la toiture. En retrait, dans une impasse, Gilbert dégustait le spectacle et ses yeux étaient rivés sur l'incendie — dont on craignait qu'il n'attaque les maisons voisines —, puis sur ce gros porc de Trichard, sur l'attroupement des badauds réveillés en sursaut et aux visages crispés par la peur, enfin, sur les véhicules des pompiers qui arrivèrent en trombe dans une cacophonie de sirènes et un flamboiement de lumières clignotantes.

Tout. Il vit tout jusqu'au bout, Gilbert, et quand, au lever du jour, il ne resta plus du café de Germain Trichard que des cendres et des murs calcinés qui fumaient encore, discrètement il s'esquiva. Il se rendit alors compte qu'il avait un peu froid et très sommeil. Alors, il quitta la ville avec au cœur la satisfaction du devoir accompli.

Sur la route de Courpière, il dénicha un hangar. Il y entra, se fabriqua une couchette parmi de vieilles nippes qui jonchaient le sol et s'allongea. Il dormit comme un sonneur, ne se réveilla qu'au soir à la tombée du crépuscule. Il se dit alors qu'il casserait bien une petite croûte et explora le fond de son balluchon.

Le chèvreton avait une drôle de saveur : celle de la vengeance assouvie.

Un autre désir monta en lui. Vite, il lui fallait retrouver son village, cette Fanette qui lui tourneboulait les sens. Il marcha toute la nuit. Il n'avait plus mal à la tête quand, en ce petit matin frileux emperlé de rosée, il arriva en vue des premières maisons d'Espinasse.

Le Pierre Barland, qui ouvrait ses volets, le regarda s'engouffrer dans son repaire et, un long moment, le bonhomme se demanda quelle pouvait bien être encore la dernière manigance de son diable de voisin.

X

Ce mois de novembre, l'automne flamboyait sur les hautes chaumes. La nature aux aguets frémissait en attente des froidures. Gilbert s'en allait dans les matins saupoudrés de givre, relevait un collet, enfouissait quelque lapin au plus profond de sa gibecière, retendait son piège. Ses godillots crissaient en courbant les herbes blanches et, dans son sillage, une buée claire s'évanouissait dans l'air glacé.

Insensiblement, le soleil montait de la montagne du Béal. C'était un soleil pâle, presque livide, qui avait peine à se hisser au-dessus de la ligne de crêtes. Il finissait pourtant par effacer toute trace de gelée. Les chênes rouvres déployaient leur splendeur cuivrée que leur contestait la rouille agressive des mélèzes en amont.

Après son équipée thiernoise et l'incendie du bistrot de Trichard, Gilbert s'était tenu à carreau. Ses migraines revenaient par périodes et, à ces moments, il regrettait de ne pas être allé plus loin dans sa vengeance. La peau du cafetier... Oui, il aurait dû lui faire la peau !

Il y avait aussi ces salauds du col de Saint-Thomas. En septembre, pour l'ouverture de la chasse, il était retourné là-bas. Peine perdue. Il aurait été incapable de reconnaître ses agresseurs. Et jusqu'à la cabane qu'on avait détruite. Rien, il ne restait plus rien de cet épisode de sa vie.

A Espinasse, les jours avaient filé, ainsi que l'eau noire d'un torrent entre les pierres moussues. Fanette était bien belle et désirable. Elle le savait et ne se privait pas de le montrer. Il n'était qu'à la voir se pomponner le samedi soir, avant de partir pour le bal. La chienne ! Elle avait de ces poses devant son miroir ! Dans la nuit, de l'autre côté de la fenêtre, Gilbert était à l'affût. Il l'avait, un soir, vue se déshabiller. Une fois nue, elle s'était lavée longuement, puis parfumée jusqu'aux endroits les plus intimes. Ah ! cette toison noire qui luisait ! Comme une bête blessée, Gilbert s'était enfui après s'être souillé une fois encore.

Novembre... Ce jour, François Barland, jeune coq ridicule, prenait femme. Et les parents, le Pierre et la Germaine, ils n'étaient pas peu fiers ! Il y avait de quoi ! Pour fêter l'événement, ils avaient même invité tout le village aux agapes.

Tout le village, oui, sauf lui, Gilbert. Sans doute, il aurait déparé dans ses guenilles faisandées. Mieux valait tenir loin de ces épousailles le diable d'Espinasse et ses odeurs de bouc.

Jacqueline, qu'elle s'appelait, la mariée. Une belle mijaurée, tiens donc, celle-là aussi. Ah ! par Satan, la gent féminine ne valait pas la corde pour pendre les plus beaux phénomènes de son espèce !

Dès le matin, les invités avaient défilé et les voitures s'alignaient devant la ferme des Barland. Des gens de la ville, ceux-là, à coup sûr. Et ils avaient de ces façons de toiser le pauvre indigène qui croisait leur chemin !

— Oh ! regarde, c'est Jésus-Christ ! avait plaisanté une demoiselle — quinze ans, à tout casser —, à la vue de Gilbert qui revenait de l'étable.

— C'est plutôt l'homme de Cro-Magnon, tu veux dire, avait pouffé une autre pimprenelle.

En début d'après-midi, le cortège s'était formé et, Klaxons enfoncés, l'on s'était dirigé vers La Ripaudie, où allait se dérouler la cérémonie civile, puis religieuse. Et la Fanette ! Elle avait une façon de reluquer son cavalier, un blondinet aux yeux bleus qui n'avait pas l'air d'y craindre, lui non plus.

Resté seul au village, Gilbert avait déambulé. Ses prunelles lançaient des éclairs tellement il était furieux. Pour se calmer, il dirigea ses pas vers la Faye, trempa ses mains dans l'eau froide du ruisseau, cramponna une truite qui s'était réfugiée en catastrophe sous une pierre. Il l'assomma contre le tronc d'un aulne et l'enfouit dans sa gibecière. Malgré lui, il avait éprouvé du plaisir à tuer, et les derniers soubresauts du poisson lui avaient procuré une onde délicieuse très intense.

Dans le village déserté, Gilbert respirait, avait l'impression d'être le roi en son domaine, imaginait qu'il avait supprimé tous les habitants, sauf une, la Fanette, qu'il proclamait sa reine. Et elle se promenait, toute nue, dans la rue d'Espinasse, sous le regard bienveillant de son seigneur et maître.

Les Klaxons retentirent, annonçant le retour du cortège. Vite, Gilbert rentra chez lui, se posta derrière ses vitres sales. Sortirent alors des voitures tous les noceurs endimanchés, l'air égrillard, la face rubiconde, la plaisanterie salace au bord des lèvres. Et ça gambadait partout dans la cour de ferme des Barland, et ça rigolait, ça criait, ça s'invectivait. C'était même pire qu'un jour de foire à Ambert !

Bientôt, pourtant, ça se calma, et les convives pénétrèrent dans la grange pour faire ripaille. Des éclats de voix fusaient parfois, de grosses plaisanteries auxquelles succédaient des cascades de rires qui se mêlaient aux bruits des couverts violemment tapés sur les assiettes.

La nuit de novembre arriva d'un coup, comme un rideau qui se ferme, une bougie qui s'éteint. Gilbert sortit de son antre, s'avança vers la ferme des Barland. Le Pierre venait d'ajuster les bretelles de son accordéon et, roulez jeunesse, les danseurs s'en donnaient à cœur joie sur la piste improvisée de terre battue.

Une qui n'était pas la dernière à tourner la valse, c'était la Fanette. Tiens donc, le contraire eût été étonnant ! Et dans les bras de son blondinet, pour sûr qu'elle avait l'air aux anges, la garce ! Et la mariée ! On sentait qu'avec elle, le François Barland ne porterait guère souvent la culotte à la maison. C'était elle, déjà, qui décidait quand son homme devait aller danser, et avec qui ; quand il devait revenir s'asseoir à côté d'elle, ne pas trop boire, ne pas fumer, ne pas rire aux éclats comme un plouc qu'il était encore. Oh ! la vilaine matrone qu'elle serait dans quelques années !

Enveloppé du manteau de la nuit, Gilbert observait le spectacle derrière une ouverture en étage de la grange. De sa position élevée, il ne perdait pas une miette ; son regard allait de l'un à l'autre, mais revenait toujours à Fanette qui l'attirait comme un aimant.

A un moment de la soirée, après avoir tourné des valses d'enfer, elle sortit prendre l'air. Vite, Gilbert dégringola de son perchoir, se retrouva près de la grande porte à deux battants. Fanette fit quelques pas dans la nuit claire, sembla deviner une présence tout près d'elle, avança tout de même plus loin dans la cour.

Gilbert, une fois de plus, était en émoi. Les odeurs de transpiration de la fille... Son souffle un peu haletant... Alors, il bondit, plaqua une main sur la bouche de Fanette tandis que l'autre pétrissait un sein. Par les cornes de Belzébuth ! Que c'était chaud et ferme sous la paume ! Il la retourna, la colla contre son sexe. Et elle n'avait pas l'air de trop rouspéter, cette garce !

Gilbert déboutonna sa braguette, souleva rageusement la jupe de Fanette. Non, c'était trop bon, il ne pouvait plus tenir. Et avant qu'il eût pu entreprendre de la besogner, sa semence fusa en même temps qu'un grand râle de plaisir et de désespoir.

Il courut, remonta la Faye sur plus d'un kilomètre, se retrouva dans un bois où il s'affala sur la mousse. Et voilà, une autre fois, il n'avait pas été à la hauteur, il était un minable, un moins que rien, tout juste bon aux plaisirs solitaires. Chienne de vie !

Il s'allongea sur le dos, contempla les étoiles par des trouées de branches. Ça y était, il la sentait, cette barre derrière la tête, cet étau qui resserrait ses mâchoires. La migraine revenait par vagues sur la grève de sa déprime, et il fermait les yeux, se laissant submerger par elle, cette compagne des plus mauvais jours. Epuisé, il finit par s'endormir. Satan le prenait par la main, le faisait marcher sur des nuages. De là-haut, il dominait le monde, le soumettait à ses caprices. Toutes les femmes de l'univers étaient à ses pieds, humbles servantes prêtes à obéir au moindre signe de sa main.

— Tu es Gilbert Rouchon, je te confère tous les pouvoirs, disait le maître des ténèbres au travers d'un flamboiement d'éclairs et d'un tumulte de coups de tonnerre.

Gilbert se réveilla en sursaut. Sa mère venait de lui apparaître, la tête de sa mère surnageant d'un liquide rouge bouillonnant. Son cœur se mit à battre la chamade. Complètement incontrôlables, les battements de son cœur. Et aussi d'une violence inouïe, comme si sa cage thoracique allait exploser sous ces coups de boutoir incessants.

Alors, en cet instant, Gilbert sut que sa mère lui avait transmis son pouvoir, et que rien, désormais, ne pourrait plus lui arriver. Rien. Jamais.

Il se releva, fixa sans ciller les étoiles qui tremblaient. Il avait encore des tonnes de vengeance en réserve.

Rouchon le routard repartit. L'hiver fut rude, cette année-là. Qu'importait. Gilbert était d'une force à aplanir les montagnes. Partout où il passait, son regard chargé d'éclairs était redouté et rares étaient ceux qui affrontaient ce duel à distance.

A Thiers, il chercha Germain Trichard. Qu'était-il devenu, cet affreux, après que son gagne-pain s'était envolé en fumée ? A la place du bistrot et du garage attenant subsistait un vide dans la rangée de maisons où des pelleteuses avaient aplani l'espace libéré.

Parmi les épaves que comptait la ville coutelière, Gilbert se confectionna rapidement un nid et, par la force de ses poings, il se fit respecter. Quelques Arabes éméchés avaient souvent tendance à jouer un peu trop de l'Opinel. Il leur fit bien voir, lui, que, même sans couteau, il était le plus fort.

Kader n'avait pas la réputation d'être un tendre. Il s'était fait coffrer plusieurs fois au commissariat de la ville, et ses vols avec effraction, de même que ses agressions de personnes âgées, ne se comptaient plus. Au pastis, ce harki dur de dur était imbattable. Un jour, il avait aligné vingt-cinq verres sur le comptoir et, au fur et à mesure que le patron du bistrot les remplissait, il se les était bus d'affilée, comme ça, lui, Kader, pour faire le beau.

Le malheur, c'est que, lorsqu'il avait un coup dans l'aile, le Kader, que sa musette était bien pleine, eh bien, il cherchait des noises à tout le monde. Mais un jour, il tomba sur un os, et cet os, ce fut Gilbert. Oh ! la raclée mémorable qu'il reçut cette fois-là ! Tudieu ! Une dérouillée vraie de vraie, la reine des dérouillées ! Alors, il respecta son vainqueur et fit acte d'allégeance.

— Tu viens chez moi quand tu veux, dit l'Arabe. Chez moi, c'est aussi chez toi, t'es mon frère.

Le diable d'Espinasse enfila des pantoufles et vécut au chaud cette fin d'hiver. Allons ! ça ne lui ressemblait pas, de rester comme ça, à côté du feu, comme une vieille femme frileuse. Il avait besoin de bouger, de sortir, de voir du monde, des jeunes filles surtout, aux toilettes provocantes qui appelaient tous ses fantasmes.

En ce printemps, l'occasion lui fut donnée de repartir à l'assaut. Un matin d'avril, Kader entra en coup de vent. D'une poche, il sortit un revolver enveloppé dans son mouchoir.

— Où t'as trouvé ça ? demanda Gilbert.

— Je l'ai piqué à un flic, fit Kader en rigolant. Il y a vu que du feu !

— T'es complètement dingue ! Ils vont faire une descente, y a intérêt à se tirer !

— Mais non, mais non... Y a pas de risque ! Il y a rien vu, que je te dis. Sois tranquille, mon frère.

Mais Kader avait de la suite dans les idées, et malgré sa crainte de Gilbert, il garda son arme pardevers lui et n'en démordit pas.

Et ce qui devait arriver arriva. A quelque temps de là, Kader avait repéré, dans un quartier ancien de la ville, une vieille femme qui faisait toujours seule ses courses. Sa baguette sous un bras, le panier rempli de victuailles sous l'autre, elle remontait péniblement chez elle, un deux-pièces en étage, s'arrêtant à chaque demi-palier et ahanant comme un travailleur de force.

— La vioque, elle a des sous, mon frère, avait rigolé Kader en se frottant les mains. Tu te rends compte, dis, c'est du tout cuit avec elle !

— Allons voir, s'était contenté de répondre Gilbert.

Ils l'avaient suivie dans la rue. Pour de vrai, le porte-monnaie paraissait bien garni. Et encore, elle devait cacher ses économies dans quelque coin de son taudis, cette vieille bique, et n'emporter avec elle que le strict nécessaire.

— On reviendra demain matin quand elle fera ses courses, trancha Gilbert.

Le lendemain, à la même heure, ils étaient sur les lieux. Ils attendirent dans un bistrot voisin que la femme fût sortie de chez elle, laissèrent passer cinq minutes encore, se levèrent, entrèrent dans l'immeuble.

Kader avait travaillé chez un serrurier dans sa jeunesse. La porte de la vieille fut vite ouverte, mais, dans leur précipitation, les deux malfrats ne virent pas quelqu'un les observer de l'étage supérieur. Ils fouillèrent, retournèrent, renversèrent tous les tiroirs, finirent par découvrir quelques centaines de francs qui traînaient sous un antique poste de TSF ; puis ils s'acharnèrent dans la chambre, arrachant draps et couvertures du lit, éventrant le matelas. Rien. Quelques pièces de monnaie par-ci par-là, pas de quoi partir au soleil faire bombance. Dépités, ils ressortirent, dévalèrent les escaliers. A la porte cochère de l'immeuble, surprise ! Un fourgon de police barrait l'entrée, des flics en uniforme pointaient sur eux leurs armes.

— Pas un geste, ou vous êtes cuits, lança une voix.

Qu'est-ce qui, à ce moment, passa par la tête de Kader ? Gilbert le vit mettre la main dans une poche, sortir son revolver, tirer au jugé sur les képis et esquisser quelques pas de course dans la rue avant de s'abattre lourdement sur le trottoir où une flaque rouge se dessina bientôt.

Par réflexe, à la sommation de la police, Gilbert avait levé les bras au-dessus de sa tête, puis, à la mitraillade qui fusait de partout derrière le fourgon, il s'était couché à même le sol.

Il se sentit cramponné, soulevé, fouillé. Un coup de poing accompagnant un « Bougre de salaud ! » amena le goût du sang dans sa bouche, mais un coup de pied dans les parties fit briller des étoiles. Avant de perdre connaissance, il eut le temps d'entrevoir un policier en uniforme gisant face contre terre.

La maison d'arrêt. Le procès d'assises. Le prétoire. Sa cellule. Gilbert avait attrapé le tournis entre ces séances au palais de justice, les trajets en fourgon cellulaire, la prison. Son avocat, commis d'office, lui avait dit :

— Vous en faites pas trop ; les juges devraient être cléments. C'est pas vous qui portiez l'arme.

De toute façon, les plus mauvais moments étaient passés, ceux où les policiers, désireux de venger leur collègue qui restait entre la vie et la mort, l'avaient tabassé. Il avait tenu bon, refusant de reconnaître avoir volé le revolver qui était dans la main de Kader au moment des faits.

Kader... Il n'avait pas eu de chance, Kader ! Mais aussi, quel réflexe idiot d'avoir voulu fuir à tout prix ! Il n'y avait aucune issue. Aucune. Et il s'était fait descendre comme un bleu.

Au procès, le policier que Kader avait blessé s'était présenté, en chaise roulante, à une audience.

— Monsieur le Président, la vie de cet homme est brisée, avait larmoyé l'avocat de la partie civile.

Il s'était théâtralement tourné vers Gilbert pour ajouter :

— Rouchon, regardez cet honnête père de famille qu'une balle tirée par votre complice a paralysé pour le restant de ses jours. Vous n'avez pas honte, Rouchon ? Vous ne regrettez rien ?

Non, ni honte ni regret. Gilbert suivait les débats avec l'impression d'être un spectateur privilégié, assis aux premières loges. Il ne fut pas plus surpris d'ailleurs quand, debout, il entendit prononcer le verdict à son encontre : « Trois ans de prison ferme. » Et il ne se tourna même pas vers son avocat qui, déçu, disait :

— Pas de chance. Ils vous ont chargé. J'attendais mieux.

Le fourgon cellulaire le ramena à la maison d'arrêt. A la sortie du palais de justice, des gens haineux qu'il avait toisés de son œil noir l'avaient insulté. Même les flics s'étaient laissés aller à quelques réflexions :

— Tu t'en tires très bien, mon salaud ! Les collègues, ils auraient dû te descendre comme le bicot. Une balle perdue, c'est si vite arrivé.

Hautain, Gilbert les avait royalement ignorés.

Les mois passés à la centrale de Riom coulèrent, uniformes. Les saisons n'existaient plus qu'au travers d'une couleur de ciel, la lumière plus ou moins prolongée des crépuscules. Il restait prostré des journées entières sur son bat-flanc, ne se déridant même pas lors de la promenade journalière dans la cour. Certains détenus avaient tenté d'engager avec lui une conversation, lui demandant qui il était et quel crime il avait commis. Jamais de réponse, sauf cet éclair qui jaillissait de sa prunelle et laissait cois les plus curieux. Son voisin de cellule, un homme d'une trentaine d'années, l'œil doux, un peu triste, et qui avait trucidé à coups de fusil de chasse sa femme surprise en compagnie de son amant, n'était pas plus bavard que lui. Alors, les journées étaient mornes, toutes semblables, sans caractère.

Gilbert n'avait jamais comptabilisé les jours qui le séparaient de sa libération. Elle survint un matin d'automne. La veille, le directeur de la prison s'était déplacé pour lui dire, presque jovialement :

— Alors, Rouchon, c'est pour demain, la quille ?

Il avait récupéré ses affaires, son argent de poche, son balluchon, et repris la route dans le brouillard qui baignait la plaine de la Limagne. Au hasard, il se dirigea vers l'est, passa par Ennezat, Maringues, où il fut accueilli pour la nuit dans un campement de nomades, se retrouva un soir à Thiers. La curiosité l'emportant, il alla voir du côté de chez Germain Trichard. Un magasin moderne avait été construit à l'emplacement du bistrot, et il put lire sur la devanture : « *Grand Pressing des Bitords* ». Un instant, il se posa la question : l'autre gros veau s'était-il reconverti dans le nettoyage à sec ? Et puis, après tout, il n'en avait plus rien à faire de Trichard et il passa son chemin.

Les montagnes bleutées du Forez se dessinaient de plus en plus nettement vers le sud-est. Gilbert ne détachait plus ses yeux de leurs formes arrondies que hérissaient les radars militaires de Pierre-sur-Haute. En une journée de marche, il serait rendu chez lui.

Dans le lait cru d'une aube de fin octobre, il arpenta de nouveau la rue d'Espinasse. Les habitants ne furent qu'à peine surpris de le revoir.

Gilbert avait de nouveau très mal au crâne lorsqu'il entra chez lui et se coucha.

L'histoire se répétait...

XI

Octobre raccourcissait ses jours. Les brumes du matin avaient à peine le temps de s'évaporer que survenait la fraîcheur mouillée du crépuscule. Les arbres étaient parcourus d'un long frisson et s'ébrouaient de leurs feuilles ocres qui descendaient en lente procession. Du sol montaient des senteurs capiteuses, comme si la nature voulait éployer une dernière fois ses ailes avant de mourir.

Gilbert avait repris ses habitudes. Braconnage et rapine constituaient son menu quotidien, et les gens d'Espinasse s'attachaient à l'éviter soigneusement, passaient au large quand leur route risquait de croiser la sienne.

Il s'était demandé ce qu'était devenue Fanette. La Thérèse, sa mère, était morte sans doute, car la ferme Chassaing demeurait obstinément close. Il aurait pu poser la question au Pierre ou à la Germaine Barland.

Mais, trop fier pour s'abaisser de la sorte, Gilbert s'était muré dans son silence et ses incertitudes.

Il entrait encore en grand émoi au souvenir de la noce au cours de laquelle il avait voulu abuser de Fanette. Abuser ? Cela était-il donc si sûr ? Le moment de surprise passé, la garce avait paru y prendre goût. Oui, mais voilà, son plaisir à lui, vieux bouc, avait, une fois de plus, été tellement soudain.

Ce matin-là, Gilbert rentrait chez lui, une poule faisane bien calée en travers de la poche dorsale de sa vieille veste de chasse. Il s'apprêtait à quitter le couvert du bois du Merle quand une odeur nouvelle lui titilla les narines. Il plissa les yeux, porta ses mains au front. Ça n'était pas possible ! Mais si, pourtant, la cheminée de la maison de la Fanette fumait bel et bien !

Son cœur soudain battit très fort. Délaissant le chemin habituel, il coupa par les genêtières, s'approcha à moins de cent mètres des maisons. Dans la cour de la ferme Chassaing, sous le grand marronnier, était garée une voiture d'un jaune vif éclatant, et, furetant partout, un chien, un sale corniaud, battait du panache en faisant des allers et retours pour marquer son domaine.

Gilbert grogna : un homme venait d'apparaître sur le seuil et, aussitôt derrière lui, survint Fanette qui se pendit à son bras.

Ainsi donc, ça y était, la garce s'était mise en ménage. Toutes les mêmes, ces femelles, et ça ne choisissait pas les plus laids, ce qu'il y avait de sûr ! Dès le premier abord, Jacques parut antipathique à Gilbert, qui sentit sourdre en lui une jalousie mêlée de haine. Et en plus, il faisait le matamore en sifflant son chien qui lui obéissait au doigt et à l'œil.

— Tayot, va vite chercher, mon Tayot, ordonnait-il en lançant un bout de bois jusqu'à un coin opposé de la cour.

Et ce pauvre corniaud qui s'exécutait, esclave soumis. Et Fanette en admiration devant son grand dadais de mari. Il te lui en aurait donné, lui, Gilbert, des morceaux de bois ! Par la tronche, oui, sa sale tronche de mec trop beau, trop sûr de lui.

Gilbert resta caché dans les genêts une partie de la matinée à observer le manège de Fanette et son mari, qui, bientôt, montèrent en voiture et s'en allèrent. Alors, il s'approcha du village, rentra chez lui.

Derrière sa fenêtre, il les vit revenir, aux environs de midi, des provisions plein le coffre. Ils s'installaient donc au pays pour plusieurs jours, avec de quoi soutenir un siège. La rage au ventre, Gilbert ne quittait plus son poste. Il avait le regard fixe, avec des éclairs qui zébraient sa prunelle quand un éclat de voix ou de rire sortait de la maison voisine. Ah ! oui, pour eux, la vie était source de joie, ils prenaient du bon temps, ils étaient en vacances !

D'ailleurs, dans l'après-midi, le couple partit bras dessus bras dessous, le chien gambadant tout près et jappant de satisfaction. Tiens donc, ces gens de la ville jouaient les campagnards, s'en allaient ramasser des champignons dans les bois.

Jusqu'au soir tombant, Gilbert les suivit. A un moment, le chien, ce sale clébard de Tayot, comme l'autre l'appelait, le débusqua dans un taillis et ne trouva rien de mieux que d'aboyer bêtement. Gilbert le fixa intensément dans les yeux, si bien que la bête s'aplatit au sol, baissa les oreilles, couina d'inquiétude et finit par décamper, la queue basse. Non mais, des fois !

Gilbert s'aperçut alors de la puissance de son regard, ce magnétisme qui sourdait de ses propres ténèbres internes, du plus profond de lui. Avec un tel pouvoir, on était le maître du monde, rien ni personne ne pouvait résister. Lui, Gilbert, il représentait le Mal ; quelqu'un, à sa naissance peut-être, l'avait investi de forces obscures qui se révélaient de plus en plus, de jour en jour, avec une certitude qui gonflait ainsi que le vent avant l'orage.

La nuit tomba comme une masse qu'éclaboussait la pleine lune en se noyant dans la Faye. Des lanières de vent galopaient sur les chaumes. Elles courbaient les herbes, s'agrippaient aux quelques feuilles cassantes, mordaient la terre à grands coups de crocs. Le village d'Espinasse avait fermé ses portes, mais filtraient tout de même, à travers les fentes des persiennes, les lueurs ténues d'un chacun-chez-soi sécurisant.

Gilbert sortit de son antre. Sans hésiter, il se dirigea vers la maison de Fanette. Tout là haut, vers les sapins, la bise faisait entendre comme une houle que recouvrait le chuintement plus régulier des eaux de la rivière. Il avait froid, bien que rongé par une lourde fièvre intérieure.

La voix de Jacques s'éleva. Il était impossible de comprendre ce qu'il disait. Fanette se mit à pouffer et Gilbert, l'oreille collée au volet, grogna. Oui, elle riait et son rire sonnait d'une façon ridicule et choquante. Puis le silence s'instaura, un silence pesant que ponctua l'extinction de l'ampoule électrique A l'affût du moindre bruit, Gilbert se fit plus attentif.

Des soupirs et des râles montèrent, d'abord à peine audibles, puis plus prononcés. Un cri fusa, cri de plaisir, de profonde jouissance ; un autre, et un autre encore, puis un dernier. Voilà, l'acte était consommé. Gilbert imaginait le couple à présent rassasié, apaisé de tout désir. Il s'éloigna de la maison de ses voisins, remonta en direction du bois du Merle.

Un chat-huant ricanait à la lune ; plus bas, un renard en chasse glapissait. Gilbert s'affala sur le tapis de mousse. Couché sur le dos, il s'absorbait dans la contemplation des constellations et ne sentait pas le froid. Soudain, de la bave suinta aux commissures de ses lèvres et son corps tout entier fut secoué d'une immense convulsion à laquelle succédèrent une multitude de mouvements désordonnés, comme si ses membres avaient été traversés de décharges électriques. Cela dura cinq longues minutes, puis retomba la tempête, et Gilbert sombra dans une sorte de sommeil cataleptique où, pour lui, le temps fut suspendu.

Au matin, le réveil fut douloureux. Cette sempiternelle barre qui lui enserrait le front, se prolongeant jusqu'à l'arrière du crâne...

Le soleil se cala sur la ligne de crêtes. Gilbert se leva. A la place où il s'était couché, la mousse aplatie était devenue couleur de chaumes grillés, craquante comme une vieille feuille de chêne à la fin de l'hiver. Il avança jusqu'à l'orée du bois. Le givre avait sucré la campagne et scintillait par endroits.

— Maudits ! hurla Gilbert en pointant un doigt vengeur vers l'aval. Soyez maudits tous les deux !

Plusieurs jours s'étaient écoulés. Jacques et Fanette passaient d'excellentes vacances à Espinasse, et la récolte de champignons devait pour eux s'avérer juteuse, car le couple était allé acheter des bocaux pour faire des conserves. Pardi ! ils mangeraient des girolles, cet hiver, à la ville ; ils seraient bien contents de les trouver, savoureuses, comme s'ils venaient de les cueillir du matin.

Durant tout ce séjour, Gilbert s'était tenu à l'écart : il souhaitait si peu être vu de Fanette. Il se sentait tellement minable en comparaison de son grand dadais de mari qu'elle regardait avec de ces yeux ! Mais aussi, voilà quelqu'un qui la faisait grimper au septième ciel ! Il n'était qu'à l'entendre chaque soir rugir de plaisir, cette sale femelle en chaleur.

Pourtant, la rencontre eut lieu. On a beau vouloir se cacher, rester dans l'ombre, il arrive un jour où l'on ne peut plus retarder l'échéance. C'était entre chien et loup. Gilbert pêchait à la main des truites qu'il revendait ensuite au patron d'une auberge des environs. Il était couché de tout son long au-dessus de la rivière, le bras droit enfoncé plus haut que le coude dans l'eau glaciale, sous des racines de vergnes. Dans sa musette, huit truites fario se débattaient encore avec une conviction qui faiblissait au fur et à mesure que les minutes coulaient.

Soudain, dans son dos, cette présence... Elle était là, Fanette, au-dessus du pont, et elle ne le lâchait pas des yeux où se lisait une forme d'incrédulité mêlée d'effroi. La cingler du regard ! La fusiller !

— Salope de femme ! grogna-t-il.

Comme prise en faute, elle s'était sauvée sans demander son reste.

A quelque temps de ça, Gilbert surprit le chien de Fanette dans sa grange. Il ne s'embêtait pas trop, le clébard, qui se pourléchait les babines en terminant son repas, c'est-à-dire ni plus ni moins qu'un poulet chipé à allez donc savoir qui, à la Germaine peut-être. Des duvets blancs et du sang étaient collés sur son museau, et il était tout haletant d'avoir goulé trop vite.

Un sourire éclaira soudain le visage de Gilbert. Ça y était, il la tenait, sa vengeance, et il allait leur montrer qui il était, à ces deux tourtereaux qui affichaient trop haut et trop fort leur bonheur d'être ensemble.

Il referma derrière lui la porte de la grange. Tayot tourna la tête, ses sens s'affolèrent et il se mit à couiner craintivement à la vue de cet homme qui avançait dans sa direction avec lenteur. Sans quitter des yeux l'animal, Gilbert s'accroupit vers lui, tendit sa main. Elle était chaude, brûlante presque, et le chien était hypnotisé par elle, comme si elle lui avait intimé l'ordre de ne pas bouger, de baisser ses oreilles et de se soumettre.

— Alors, sale clebs, disait Gilbert avec une voix d'une douceur surprenante ; alors, il était à ton goût, le poulet de la Germaine ?

Il souriait, n'arrêtait pas de sourire. A un moment, sûr maintenant que Tayot ne bougerait pas, il se releva, puis, sans le lâcher des yeux, il se dirigea dans un coin de la grange. Il y avait là une boîte en ferraille rouillée qui contenait du poison et sur le dos de laquelle se devinait encore un vague dessin de taupe. Il revint vers l'animal après avoir mélangé dans une écuelle le produit à de l'eau.

— Tu dois avoir soif, pauvre clébard, après ton festin. Tiens, bois donc.

Soumis, Tayot lapa la totalité de l'écuelle.

— Voilà, c'est bien, c'est parfait. Allez, fous le camp maintenant. Déguerpis, ouste !

Mais le chien ne bougeait pas et continuait de couiner doucement.

— Fous le camp, je te dis ! hurla Gilbert, qui, excédé, s'empara d'un gourdin et en assena un violent coup sur le râble de l'animal. Tayot bondit, courut en tous sens dans la grange. Gilbert s'aperçut alors que la porte était restée fermée. Il l'ouvrit donc et, brandissant toujours son arme, chassa le chien au-dehors.

Jacques et Fanette étaient à vingt mètres, sur le chemin. Gilbert se trouva tout bête tout à coup. Sans réfléchir davantage, il prononça ces mots :

— Tu vas voir, sale bête !

Jacques s'avança, menaçant.

— Qu'est-il qu'il t'a fait, mon chien ? tonna-t-il, prêt déjà à en venir aux mains.

Mais Fanette s'accrochait aux basques de son mari.

— Allez, viens donc, laisse-le faire, il a pas sa raison.

Gilbert avait craché par terre et tourné le dos à ces gens de la ville. Il rentra chez lui, prépara ses affaires. Oui, il rigolerait bien, demain matin, quand ces deux affreux découvriraient leur bête raide morte. Lui, il serait du côté du col, là-haut vers le Béal, dans un buron, bien au chaud, couché dans la paille.

Il réapparut au village une bonne semaine plus tard, en même temps que les flocons de neige qui descendaient de la montagne. Fanette et son mari étaient partis, avaient retrouvé la ville. Et sans leur chien...

Gilbert continua de braconner, de sillonner les bois, de coucher en plein air par tous les temps, préférant la voûte étoilée au plafond troué de sa masure. Il ruminait toujours ses pensées mauvaises, songeait souvent à Fanette, qui lui procurait encore des plaisirs rapides à certains moments où il n'était plus maître de lui.

La Germaine et le Pierre Barland, le vieux Léon Tarrit également, le regardaient d'un œil soupçonneux : de quoi ce diable d'homme n'était-il pas capable, lui qui jetait le mauvais sort aux bêtes, qui pouvait les faire crever ? Et si, des fois, il lui prenait l'idée d'anéantir toute l'étable ? On ne savait jamais, avec ce dérangé du cerveau !

Les gendarmes de Chantelauze vinrent un jour de printemps lui rendre visite.

— Alors, Rouchon, vous vous tenez à carreau, à présent ? dit le maréchal des logis-chef.

Gilbert grogna quelque chose. Qu'est-ce qu'ils avaient à venir l'embêter, ces pandores ? La prison, il connaissait et n'avait nulle envie d'y remettre les pieds.

— Vous braconnez pas mal, à ce qu'on dit ? reprit le chef. Vous n'êtes pas sans savoir que cela constitue un délit, n'est-ce pas ?

— Oh ! ce que les gens disent...

— M'm ouais... Enfin, prenez garde. Il vaut mieux prévenir que guérir, vous ne croyez pas ? C'est pour ça qu'on est venu vous avertir. En tout cas, vous avisez pas de faire des bêtises, hein ?

Qui avait pu le dénoncer, sinon les gens du village ? De ce jour, Gilbert regarda ses voisins avec encore plus de haine et de mépris, crachant sur leur passage et leur suggérant d'aller se faire foutre, se faire pendre ou téter chez les Grecs.

Et cette grosse Germaine, avec ses seins pesants comme des outres ! Depuis qu'elle était grand-mère et que son niais de fils, lui l'avait mis dans le paletot à cette pimbêche de Jacqueline, elle faisait bien la fière, jusqu'à promener dans le village le landau où braillait sa furie de petite-fille. Tu parles ! s'il y avait de quoi pavaner !

— Oh ! qu'elle est mignonne, la petite Nathalie à sa mémé ! Qui c'est qui fait un beau sourire à sa mémé ?

Non, mais, pour de vrai, elle n'avait pas le sens du ridicule, la Germaine ! Foutaises que tout cela !

Pourtant, les mois passaient. Un jour d'été que Gilbert était à bricoler dans sa remise, il entendit rugir un moteur dans la cour à côté. La voiture jaune était là. En descendirent Jacques et Fanette, ainsi qu'un petit bout d'homme que sa mère avait pris dans ses bras et qu'elle dorlotait doucement en le couvrant de baisers.

Par tous les diables ! Voilà qu'elle était mère, la Fanette ! Gilbert ferma les poings, cracha sur le sol de terre battue, resta de longues minutes sans bouger, à observer les nouveaux arrivants. Tout de suite, ils se dirigèrent vers la ferme des Barland. François et sa femme Jacqueline passaient quelques jours au pays avec leurs deux marmots. Tout cela s'embrassa, se congratula, se félicita, et jusqu'au Léon Tarrit qui écarquillait les yeux devant cette agitation fébrile.

Gilbert sortit. Il n'avait pas à se cacher. Le mari de Fanette ne lui faisait pas peur. Rien, ni personne, n'était capable de l'effrayer. Il était sûr de lui, sûr de sa puissance, de tous ces pouvoirs occultes qui lui avaient été révélés.

Et la rencontre avec Jacques eut lieu sur le chemin, devant chez la Germaine.

— Qu'est-ce que t'as à me regarder comme ça, avec tes yeux de chouette, empoisonneur de chiens ? lui fit l'autre grand serin.

Et ça s'était battu. Il cognait dru, le bougre de Jacques Batisse. Une véritable force de la nature. Un bloc dont Gilbert, malgré quelques coups bien placés, n'avait pu venir à bout. Et bientôt le combat tourna à l'avantage du mari de Fanette. Justement, alertée par les cris des pugilistes, cette dernière voulait s'interposer, s'accrochait à son homme.

— Arrête, ça suffit ! hurlait-elle.

Le Pierre et François, eux aussi, s'y étaient mis pour séparer les combattants et tenter de calmer Jacques, au comble de la fureur.

Gilbert en avait pris plein la musette. Le goût de son sang se répandait dans sa bouche. Saloperie ! Et devant témoins, encore ! Quel affront !

Il se releva, dévisagea tous ces gens — Qu'ils crèvent tous, par Satan ! —, puis ses yeux se portèrent sur Jacques, l'ennemi suprême, son vainqueur.

— Tu le payeras ! dit-il en le fusillant du regard et crachant par terre.

Il ramassa son chapeau, d'un geste machinal l'épousseta, puis reprit :

— Oui, t'aurais pas dû. Tu payeras, c'est sûr. Quand tu t'y attendras pas, tu payeras.

Il appela à la rescousse tous les diables de l'enfer. Une force en lui se déchaîna, qu'il libéra dans un geste de la main en direction de l'autre qui criait encore :

— Fous le camp, saligaud, ou je t'écrase !

Gilbert poussa la porte de son antre, se tourna vers les témoins de sa défaite et lança :

— Tu le payeras. Tôt ou tard, tu le payeras.

L'automne, une fois de plus, avait rouillé les feuilles. Ce matin-là, éplorée, le cheveu gris en bataille et la mamelle lourde, la Germaine Barland était apparue dans sa cour et criait :

— Mon homme est mort ! Mon homme est mort !

Le Léon Tarrit, les bras blanchis de copeaux, avait fusé hors de son atelier.

— Qu'est-ce qu'il y a, Germaine ?

— Le Pierre... Il vient de mourir dans son lit, là, tout de suite.

Et elle pleurait, la grosse femme ; et les larmes roulaient en abondance de ses yeux rouges qu'elle essuyait avec les pans de son tablier ; et de son nez aussi dégoulinait toute sa peine.

Gilbert avança vers elle, la dévisagea longuement, et, au moment où elle jetait à son tour les yeux sur lui, il lui décocha un sourire dont elle fut toute refroidie.

— Va-t'en, Satan ! C'est toi qui nous portes la guigne !

Le rire de Gilbert éclata, se déversa comme une cataracte. La Germaine s'en bouchait les oreilles, mais l'entendait encore lorsque, enfermée dans sa cuisine avec Léon qui la réconfortait de son mieux, elle s'était affalée sur une chaise et pleurait à n'en plus finir.

Deux jours plus tard, embusqué à l'orée du bois du Merle, en amont, Gilbert avait tout vu du départ du cortège, et le cercueil enfourné dans le corbillard, et toute la parentèle, et les amis aussi, sagement attentifs dans la cour de la ferme.

Une tache jaune éclaboussait ces couleurs de deuil : la voiture de Jacques Batisse. Il était là, bien sûr, assis négligemment sur le capot de son bolide et fumant une cigarette. Fanette venait de ressortir de la maison de la Germaine et se tenait à présent immobile, tout près de son mari. Ce furent eux qui fermèrent la marche au moment du départ pour le cimetière.

Des éclairs orange jaillirent des yeux sombres de Gilbert et suivirent, jusqu'à ce qu'elle eût disparu à la dernière courbe du village, la voiture de son ennemi intime.

Quand tout redevint calme et que s'éteignirent au lointain les bruits du cortège, il sortit du bois et, avec une violence qu'il ne pouvait plus contenir, lança des anathèmes contre le monde entier.

L'heure d'une nouvelle vengeance n'avait jamais été si proche.

XII

Un nouvel automne... Dans la nuit, un craquement sinistre avait déchiré le silence et éveillé Gilbert sur sa paillasse. Il avait tendu l'oreille et perçu comme des bruits de pierres qui roulent. Cela avait duré quelques secondes encore, le chien de la Germaine avait aboyé deux ou trois fois, puis, de nouveau le calme était revenu.

Il se leva, enfila un vieux pantalon, se retrouva dehors. La lune à son premier quartier dessinait sa figure poupine au travers de nuages bas qu'un vent d'ouest charriait vers le Béal. Une odeur de gravats parvint à ses narines. A la maison de Fanette, le toit avait commencé de passer au travers, et un trou déjà large se devinait sous la lueur laiteuse.

Un rictus se forma sur les lèvres de Gilbert, qui perçut, puissante, une grande lame de jouissance mauvaise. Ainsi donc, signe du destin, la maison de sa voisine risquait de ne plus être habitable très bientôt. Avec les prochaines chutes de neige, le trou s'agrandirait encore, et c'en serait fini pour Fanette des vacances à la ferme avec son époux chéri.

Et puis, l'on bascula sur une autre année. Les premiers jours de janvier battirent des records historiques de froidure. La maison Chassaing souffrait de toute sa charpente, ses pierres éclataient, claquant comme des coups de fouet dans la noirceur des nuits boréales.

C'est vers le 5, au petit matin, que Gilbert sut que c'était arrivé. Il venait de faire un rêve. Jacques, cette saloperie de Jacques, s'enfonçait inexorablement dans des sables mouvants. Il en avait jusqu'à la ceinture et levait les bras pour s'accrocher à une liane, juste au-dessus de lui. Son visage était crispé, de la sueur coulait en abondance, lui dégringolant dans le cou. Et lui, Gilbert, il était sur la berge, n'avait qu'à tendre une main pour saisir le naufragé et le tirer de ce mauvais pas.

Gilbert se réveilla en sursaut. Son cœur tapait violemment. Toute la journée, il eut devant les yeux cette image de son ennemi en train d'agoniser. Quoi qu'il fît, sans cesse elle revenait, devenant plus présente et plus forte à chaque instant.

Vers le soir, comme il rentrait chez lui avec, dans le dos, sa musette pleine de grives, la Germaine, qui l'attendait sans doute, l'apostropha.

— Alors, ça y est, tu la tiens, ta vengeance ?

Elle avait le cheveu hérissé comme jamais, parlait avec une rage froide, difficilement contenue, qui laissait fuser des postillons et déposait un résidu blanchâtre et élastique à la commissure de ses lèvres.

— Tu es content, hein ? Tu as fini par avoir ce que tu voulais ? Dans le coma, le pauvre Jacques, et tout ça par ta faute, sale sorcier !

Ainsi, voilà, c'était arrivé ! L'autre grand serin avait payé. Mais le coma n'était pas la mort. Patience... Patience et longueur de temps...

Gilbert laissa gueuler encore quelques instants la Germaine, puis il lui tourna le dos en rigolant.

— Arrête d'agiter comme ça tes nichons, pauvre vieille, lui fit-il.

Il ajouta, au moment de refermer sur lui la porte :

— Arrête, je te dis, tu vas finir par me faire de l'effet ! Ah ! ah ! ah !

Toutes les nuits, maintenant, Gilbert revivait le même rêve. Et Jacques continuait de s'enfoncer dans les sables. Il en avait plus haut que la ceinture, cela allait bientôt atteindre les épaules, la base du cou. Et il sombrait, sombrait toujours.

Ce soir-là, la neige s'était mise à tomber dru. Gilbert la regardait derrière sa vitre sale. La nuit précédente, quand il s'était réveillé, tout en sueur, son vieil ennemi essayait tant bien que mal de se protéger la bouche des premiers grains de sable qui s'y précipitaient. On arrivait au terme du combat, et celui-là, Jacques allait le perdre ; il ne pourrait plus rien faire pour arrêter l'enlisement.

Gilbert alla se coucher. Le vent miaulait sous la porte et s'engouffrait par le conduit de la cheminée. Un blanc linceul effacerait les bruits, demain, dans la journée. Il pensa à Fanette, l'imagina éplorée, complètement anéantie. Sans doute aurait-elle besoin d'être consolée, et il la serrerait dans ses bras, lui caresserait les seins, plaquerait la paume de sa main sur cette toison qu'il avait entrevue naguère.

Son plaisir l'aida à s'endormir. Aussi, quand il rêva, au petit matin, cela lui parut naturel, normal, dans l'ordre logique des choses, que Jacques eût disparu et que ne subsistât plus qu'un paysage marécageux, avec ses lianes pendantes et ses sables mouvants.

Cette nuit-là, encore, à cause du poids de la neige qui continuait de tomber inlassablement, le toit de la maison de Fanette finit de s'écrouler. Tout allait pour le mieux, Jacques venait enfin de mourir.

Tôt le matin, Gilbert s'était posté près du mur de clôture du cimetière. Il neigeotait des sortes de duvets de pigeon propulsés par une bise glaciale, qui s'acharnait sur les espaces en éraflant à grands coups de faux les reliefs. Vers les dix heures, dix heures et demie, après avoir posé le litron dépassant d'une poche de sa canadienne, le fossoyeur s'était attelé à la tâche, avait commencé de creuser le trou, et ses coups de pioche, de même que les pelletées de terre qu'il amassait à droite du caveau, résonnaient ainsi que des notes de joie, celle de la vengeance assouvie.

— Tiens, tu boiras bien un canon à ma santé, avait proposé Gilbert en apportant une bouteille à l'employé communal.

L'autre n'était pas homme à refuser pareille aubaine et s'était emparé sans plus de façon du litre de rouge qu'il avait sifflé plus qu'à moitié, à même le goulot.

— Vingt dieux, ça réchauffe !

Décidément, Gilbert avait envie de tout partager ce matin et il laissa généreusement la bouteille à l'ivrogne.

— C'est à quand qu'on l'enterre ? fit-il tout à coup.

— A trois heures, à ce qu'il paraît, répondit le fossoyeur, dont les joues et le nez, jaspés de couperose, se teintaient d'un vieux rouge violacé.

Il souleva sa casquette et se gratta le cuir chevelu avant de conclure :

— Dame, ça ira vite, c'est un enterrement civil et y aura point de messe.

Gilbert avait donc tout le temps de battre la campagne et de poser quelques pièges dans les bois d'alentour. Aussi, quand il revint aux abords du cimetière, l'horloge du clocher sonnait la demie de deux heures. Il n'eut guère à attendre pour qu'apparaisse le corbillard de la commune, roulant au pas, suivi de deux ou trois voitures. De l'une d'elles sortit Fanette, toute de noir vêtue, que soutenait une femme, une de la ville, que Gilbert n'avait jamais vue au pays.

Le maigre cortège s'engouffra dans l'allée centrale et le sol gelé craquait sous les chaussures. De son poste d'observation, Gilbert n'en perdait pas une miette, s'attachant surtout aux pas de la veuve éplorée. En tout cas, peu de monde à l'enterrement de l'autre grand serin. C'était dire toute l'estime qu'on lui portait !

Gilbert, soudain, ne put maîtriser une grande envie de rire. Oui, c'était vraiment trop drôle de voir défiler ces pantins, qu'un halo de buée surmontait, qui trépignaient, battaient le sol de leurs pieds gelés, se mouchaient, s'essuyaient les yeux, n'en pouvaient plus d'avoir froid. Et, pendant ce temps, Fanette, immobile, inconsciente du temps, demeurait prostrée, une main sur le bois laqué du cercueil.

Le rire éclata, emplit l'espace, s'abattit comme une chape, plus lourd que les flocons qui planaient. Ah ! la récompense, ces yeux de Fanette levés vers lui, Gilbert, dont seule la tête était visible, dépassant le mur de clôture !

Les lèvres de la jeune femme tremblèrent. Il put lire ce qu'elle disait tout bas :

— Salaud ! Salaud !

Puis elle ferma les paupières ; la dame à son côté s'approcha pour la soutenir tandis que l'autre ivrogne de fossoyeur, qui était sans doute pressé d'aller boire une chopine au bistrot du village, commençait à balancer des pelletées de terre sur le cercueil.

Ensuite, Fanette s'était laissé conduire jusqu'au portail du cimetière, avant de monter dans la voiture de son amie. Vite, Gilbert avait dégringolé de son poste d'observation pour aller voir de plus près la tête qu'elle avait.

Elle était assise sur la banquette arrière et il lui décocha son plus beau sourire. Il était en grande jouissance, un peu de bave dégoulinait de sa bouche.

Ce soir-là, Gilbert mangea de grand appétit du civet d'un lapin attrapé le matin-même dans la garenne, du côté de La Ripaudie, et préparé dans les règles de l'art à son retour du cimetière. En apothéose à ce succulent repas, il déboucha une bouteille de vin gîtée au fin fond de la cave. Sur l'étiquette rongée d'humidité, il put déchiffrer un nom écrit à l'encre bleue : *Johannès,* ou *Johanny, Jolissaint.*

— Y a pas idée, s'appeler comme ça ! dit-il en allant se coucher, légèrement ivre.

Il eut une nuit sans rêves.

Le temps n'avait plus de prise sur le diable d'Espinasse. Les saisons succédaient aux saisons, comme cela avait toujours été et le serait encore. Seul accroc à cette monotonie, Gilbert s'était fait pincer par le garde-chasse en posant ses pièges. Et il ne plaisantait pas, le représentant de la loi, un petit jeunot, tout nouveau au pays, et qui n'avait pas hésité une seconde à lui dresser procès-verbal. Bref, les gendarmes de Chantelauze étaient revenus, lui avaient fait la leçon, le menaçant de le renvoyer en prison s'il recommençait.

Il n'eut pas besoin, d'ailleurs, de se faire reprendre en flagrant délit pour connaître de nouveau les joies de la détention. Il ne pouvait pas payer son amende ? Eh bien, donc, qu'à cela ne tienne, au trou !

Il passa ainsi une quinzaine de jours à l'abri, aux frais de la princesse, en ressortit pimpant comme un gardon, prêt à reprendre ses activités illicites.

L'image de Fanette — ce corps nu qu'il avait épié un soir — restait pourtant dans sa tête. Et ça le taraudait, Gilbert, ça le prenait au ventre, ça le ficelait, lui tourneboulait les sens et charriait dans tout son être une sève montante comme en un éternel printemps.

Il la revit un jour de Toussaint. Elle était avec son fils, un gaillard de six ans environ, tout le portrait de son père. Oh ! la sale vermine que ça devait être, ce galapiat ! Fanette et lui arpentaient la cour de la ferme Tourlonias, et elle semblait lui expliquer des choses qu'il n'écoutait pas, ou d'une oreille distraite. Tout d'un coup, le gamin s'était retourné, son regard avait rencontré celui de Gilbert, adossé au parapet du pont sur la Faye. Gilbert avait senti ses prunelles s'embraser et des éclairs en avaient jailli. Cette ressemblance ! On aurait dit que Jacques lui-même était revenu ! C'en était hallucinant ! Il ronchonna dans sa barbe face à ces deux paires d'yeux qui s'étaient posées sur lui, puis leur tourna carrément le dos et remonta la Faye. Une haine épaisse envers ce gosse l'empoigna aux tripes, et il se mit à crier, tout seul, sous le couvert du bois du Merle qui abrita sa fureur.

Et si la Fanette revenait au pays ? Sa maison était en ruine ; oui, mais il y avait celle des grands-parents Tourlonias. C'était pour cela, sans doute, qu'elle était de retour, pour constater que la bâtisse tenait encore debout. D'ailleurs, ses gestes avaient été éloquents, elle avait dû expliquer à son fils où étaient la cuisine et les chambres et comment ils agenceraient tout ça.

Ah ! ce petit morveux ! Gilbert lui ferait payer sa trop grande ressemblance avec son père. Il verrait, le sale môme, de quel bois il se chauffait !

Pourtant, Fanette et Cédric repartirent le soir-même pour la ville. Une longue absence s'instaura, rythmée par les rapines, les saisons, les migraines. Par les séjours au col du Béal, également, car là-haut était le véritable univers de Gilbert, son trésor caché dans des face-à-face insolites avec la pleine lune. Il redevenait loup, vautré dans les chaumes, franchissant les tourbières, hurlant à l'astre mort, son désir fou toujours inassouvi.

C'est la Germaine Barland, un soir de printemps, qui crut décidément que son voisin diabolique avait tourné casaque. Elle finissait de manger sa soupe et s'apprêtait à fermer les volets quand elle le vit entrer en trombe, l'air hagard, l'œil brillant.

— Une femme ! Y m'faut une femme ! criait-il, et une écume blanche, épaisse, se solidifiait à la commissure de ses lèvres.

Il avança vers la vieille, figée de stupeur au centre de la pièce.

— Mais qu'est-ce que tu fais ? Arrête !

Gilbert avait cramponné la Germaine par la taille et avait plaqué son ventre énorme contre le sien tandis que de sa main libre il déchirait son tablier et faisait sauter les boutons du chemisier. Les deux mamelles blanches, ridées, difformes, jaillirent du corset, et il se mit à les pétrir avant d'y enfouir son visage en soufflant comme un chat en colère.

La Germaine n'en revenait pas. Comment ? Un homme, fût-il un dément comme Gilbert, pouvait donc encore avoir envie d'elle, en dépit de ses soixante-dix ans bien sonnés et de ses montagnes de graisse ? C'était à n'y plus rien comprendre ! Non, mais, tout de même, il aurait pu se satisfaire sur ses chèvres au lieu de venir l'embêter !

Gilbert s'acharnait entre les seins. Tout à coup, il émit un son rauque, presque un hoquet, et se raidit de tout son corps. Puis il regarda méchamment la vieille femme qu'il finit par gifler à toute volée.

— Salope ! rugit-il. T'es qu'une salope !

Ensuite il sortit en faisant claquer la porte. La Germaine resta immobile un long moment. Ses joues étaient en feu et elle entendait encore en elle les claquements des deux gifles administrées par Gilbert. Un fou ! C'était un fou dangereux ! Accablée de honte, elle se jura de ne conter son aventure à personne et décida qu'à compter de ce soir elle s'enfermerait à clé dans sa maison.

Juillet et août avaient été pourris. La période d'estive dans la montagne du Béal s'était étirée dans les crachins. Non, sûrement, Fanette ne reviendrait pas. Gilbert, qui avait d'abord cru ne pas souhaiter ce retour, s'était bientôt mis à regretter son absence.

En septembre, le Léon Tarrit coupa son bois et tous les jours il amenait une brouette garnie de bûches de châtaignier qu'il déversait dans la grange de la ferme Tourlonias. En octobre, il avait même posé une serrure à la porte d'entrée. Quant à la Germaine, Gilbert l'avait vue ouvrir en grand les fenêtres, et un après-midi de soleil, elle avait lavé à pleins seaux la vieille maison inhabitée depuis des décennies.

De nouveau, un espoir fou s'engouffra : elle allait peut-être revenir, la Fanette. Pour des vacances, ou pour toujours ? Des vagues de désir montèrent, Gilbert retrouva une seconde jeunesse.

Un matin de fin octobre, de très bonne heure, le Léon Tarrit poussa la porte d'entrée de la ferme Tourlonias. Il faisait un froid vif, qui piquait les yeux. A l'affût derrière sa fenêtre, Gilbert aperçut bientôt le filet de fumée qui s'échappait de la cheminée pour se perdre dans la grisaille. Ainsi, ça y était donc, c'était pour aujourd'hui.

Un moment plus tard, la Germaine, à son tour, franchit le seuil de la maison. Elle avait les bras chargés de draps et de couvertures et elle fit, en soufflant beaucoup, trois voyages. Pour le dernier, le sabotier lui donna un coup de main et tous deux achevèrent les préparatifs avant de rentrer chez eux aux alentours de dix heures.

Gilbert sortit, traversa le village, marcha sur le chemin de terre et finit par arriver au carrefour de la route d'Ambert. Parvenu à ce point, il s'enfonça dans le sous-bois et attendit. Une pluie fine s'était mise à tomber et s'égouttait à présent des feuilles de chêne roussies par les gelées. Gilbert ne put réprimer un long frisson, regarda le ciel chargé et comprit que la neige arriverait avant la nuit.

A onze heures quinze, le car s'arrêta et il ne fut pas surpris d'en voir descendre Fanette, sa valise à la main. Elle était seule, son fils ne l'avait pas accompagnée.

Sans bruit, caché dans le fourré, Gilbert suivit Fanette jusqu'au village. Elle n'avait guère changé, toujours la même allure un peu garçonne, les cheveux coupés court, le pas rapide, ainsi que, déjà, petite fille, elle lui apparaissait lorsqu'elle chavirait ses sens et le déboussolait, lui, le loup solitaire.

A l'entrée d'Espinasse, elle fit une halte, parut réfléchir un instant, et soudain, d'un pas encore plus décidé, arriva à hauteur des premières maisons. La Germaine — tiens donc ! — l'attendait sur le pas de sa porte et la fit entrer.

Gilbert passa sans un regard devant chez la vieille, traversa le village, trouva refuge dans son antre. Mille idées, et des plus folles, lui passaient par la tête. Pourquoi Fanette était-elle revenue ? Et pourquoi toute seule ? Et son satané gosse, le portrait tout craché de l'autre grand serin, est-ce qu'il vivrait loin de sa mère ? A moins que la malédiction du père l'eût touché à son tour ? Dans ce cas, ah ! dans ce cas, il avait donc bien des pouvoirs, lui, Gilbert !

Dans l'après-midi, soudain, il la vit, droite et immobile, au milieu du chemin. Elle regardait chez lui, c'était sûr ; peut-être même le cherchait-elle. D'instinct, Gilbert se recula, se fondit au plus sombre de la pièce. Mais déjà, dehors, le Léon Tarrit s'était avancé vers Fanette, lui parlait, s'emparait de sa valise. La veille, il avait posé une autre serrure à la porte de la maison Tourlonias, des fois que la première n'aurait pas été assez solide.

Le vieillard et Fanette s'éloignèrent quand la neige se mit à tomber. Gilbert vit le Léon Tarrit rentrer dans son atelier. Alors, à son tour, il sortit, passa en contrebas du pont sur la Faye, obliqua sur la droite pour contourner la ferme Tourlonias, y arriva par derrière, à hauteur d'une petite éminence granitique qui avait blanchi en un rien de temps. Les abords de la maison restaient couleur de terre pourtant, car la gadoue ne voulait pas aussi facilement se laisser emprisonner dans son linceul d'hiver.

Gilbert avança vers l'une des deux fenêtres qui éclairaient la façade de ce côté-là, se haussa sur la pointe des pieds. Fanette était là, dans cette chambre, et il la voyait de dos, absorbée dans la contemplation d'une vieille photo que le temps avait jaunie. Elle resta ainsi plusieurs minutes ; elle devait rêver, sans doute, revoir tout son passé. D'un seul coup, elle se retourna. Gilbert n'eut que le temps de se baisser. Puis il prit ses jambes à son cou, galopa jusqu'au premier angle de mur. Il était temps, la fenêtre de la chambre venait de s'ouvrir, Fanette avait senti une présence et devait maintenant se pencher au-dehors pour chercher à identifier le curieux.

Il fit un grand détour, remonta la Faye en passant sous l'arche du pont. Puis il gravit la pente jusqu'à la vieille école désaffectée, où il pénétra par une porte latérale battue par les vents. Maintenant que Fanette était revenue et habitait la maison d'en face, sans doute était-ce là le poste d'observation idéal et, sans avoir à se montrer, il saurait ainsi tout ce qui se passerait chez sa nouvelle voisine.

Le lendemain, sous des flots de neige, qui avaient recouvert le pays d'une belle épaisseur, eut lieu le déménagement. Il vit tout, Gilbert, depuis l'arrivée de l'Estafette, qui, trop large, ne put franchir le pont sur la rivière, jusqu'au transport des meubles à dos d'homme. Cette femme, aussi, l'amie de Fanette, celle qui l'avait réconfortée au cimetière lors de l'enterrement de Jacques ; et son mari, encore, qui avait manœuvré un bon moment pour se placer au plus près de la maison ; et cette peste de gosse, le fils de l'autre, en train de balancer des boules de neige, en veux-tu, en voilà, un sale gamin qui avait pour principal défaut de trop ressembler à son père.

Le lendemain encore... Le matin, Fanette avait ramassé de la neige à pleines cuvettes. Son gosse avait une vraie tête de cochon, l'air renfrogné, pire encore que son père. Gilbert n'aimait pas le voir rôder partout, comme s'il avait été en pays conquis.

Cet après-midi, justement, voilà-t-il pas qu'il avait entrepris de fouiner dans la vieille école ! Tout d'abord, il avait lancé des boules de neige contre le tronc du tilleul de la cour, puis il avait fait des glissades sur la petite descente, devant ce qui s'était appelé jadis les cabinets des filles. Passe encore tout cela, des broutilles. Mais ensuite, l'enfant avait trouvé intelligent de pénétrer dans le bâtiment. Au préau couvert, il s'était amusé à briser des vitres à grands coups de pierres. Une bouteille d'encre violette dénichée dans un coin : vite, il était ressorti pour l'épandre sur la neige, ce qui avait dessiné des méandres, comme un fleuve sur une carte de géographie.

Tapi dans la pénombre d'une classe aux persiennes mi-closes, Gilbert ne perdait pas une miette de ce manège du gamin. Sûr et certain que cette vermine allait être l'empêcheur de tourner rond. Il fallait lui faire peur, lui flanquer une frousse mémorable qui lui couperait, à tout jamais, l'envie de remettre les pieds dans la vieille école.

Cédric entra de nouveau au préau, poussa une porte en bois vermoulu qui donnait accès au couloir des deux classes. Gilbert retint son souffle. L'enfant s'assit derrière un pupitre, imagina qu'il était au volant d'une voiture de course, fit « Vroum ! Vroum ! », actionna un invisible levier de vitesses, pencha la tête vers l'extérieur pour l'aider à négocier une large courbe sur la gauche. Puis, lassé de ce jeu, il se leva, monta sur l'estrade, s'assit au bureau du maître, s'adressa à la classe :

— Silence dans les rangs ! fit-il d'une voix autoritaire. Dépêchez-vous de sortir vos affaires ! Vite, que ça saute !

Il se saisit d'une baguette qui était appuyée au tableau noir, en frappa quelques coups sur le plancher.

— Taisez-vous ! Je ne le répéterai pas cent mille fois, non mais alors !

Soudain, du fond de la classe, une ombre se leva, avança vers lui dans l'allée centrale.

— Hou !... Hou !... Je suis le diable et je vais te tuer !

Cédric se figea, son sang ne circulait plus.

— Hou !... Hou !..., reprit l'ombre qui prenait peu à peu forme humaine en se rapprochant.

L'enfant s'était rencogné dans l'angle du tableau. Il aurait voulu fuir, mais ses jambes ne le portaient plus, semblaient sur le point de se dérober sous lui.

Gilbert sauta sur l'estrade. Dans ses yeux noirs se formaient des cratères qui crachaient des langues de flammes. Il cramponna Cédric derrière le cou, l'obligea à se mettre à genoux.

— Lèche-moi les bottes, sale fils à ton père ! hurla-t-il à la face du gamin.

Sa main était un étau qui serrait, qui serrait ! Cette envie de tuer, de débarrasser le monde de ce parasite...

Par un ultime effort, Cédric réussit à se dégager de la poigne de Gilbert, mais celui-ci, plus prompt, lui barra le chemin de la sortie. La nuit allait bientôt tomber, la salle de classe plongeait dans les ténèbres. Tout à coup, une formidable claque partit, qui laissa le gosse plus qu'à moitié sonné. Il chancela, s'écroula entre deux tables. Mais déjà Gilbert l'avait saisi par son col de chemise et le traînait sur le plancher.

— Ton père, c'était une ordure, lui cracha-t-il à la figure. Tiens, prends ça pour lui !

Un coup de poing s'abattit sur l'œil droit de Cédric qui en vit trente-six chandelles. Alors, fou de rage, Gilbert lacéra le visage de l'enfant.

Soudain, des appels se firent entendre. Ils provenaient de la cour.

— Cédric !... Cédric !...

Une porte claqua. Quelqu'un venait d'entrer dans le bâtiment. Gilbert lâcha précipitamment le gamin et décampa par une fenêtre. Dehors, Fanette appelait toujours son fils. Il n'eut pas un regard pour elle en sautant le mur de l'école. Puis, à travers prés, il fila vers les hauteurs, du côté du bois du Merle.

Dans son dos, à l'occident, finissaient de se dénouer les dernières écharpes sanguines du crépuscule. Mais il ne les vit pas.

TROISIÈME PARTIE

LE SANG DU CRÉPUSCULE

« Je sens fondre sur moi de lourdes épouvantes
Et de noirs bataillons de fantômes épars,
Qui veulent me conduire en des routes mouvantes
Qu'un horizon sanglant ferme de toutes parts. »

Charles BAUDELAIRE,
Les Fleurs du mal
(Femmes damnées, Delphine et Hippolyte).

XIII

— Ça y est, madame Batisse, on a réussi à le pincer, votre Gilbert.

L'adjudant avait l'air épanoui ce matin, et un large sourire éclairait son visage glabre et luisant. Il se tenait dans l'encoignure de la porte, où se dessinait aussi la silhouette trapue de l'autre gendarme. Fanette, tout en déplaçant deux bûches dans l'âtre, leur proposa de s'asseoir.

— Vous boirez bien un café ? leur dit-elle.

— Ma foi, madame Batisse, par ce froid, c'est point de refus.

Imité par son adjoint, le gradé s'installa à table, posa son képi sur un bord avant de scruter la pièce d'un œil professionnel.

— Mais comment vous faites donc pour vivre ici, sans eau et sans électricité ? finit-il par dire, visiblement tracassé.

— Où est-ce que vous l'avez arrêté ? trancha Fanette d'un ton sec qui l'étonna elle-même.

L'adjudant toussota, mit une main dans une poche de sa vareuse, en ressortit un paquet de Gauloises et un briquet.

— Ça ne vous dérange pas si on fume ?

Fanette fit non de la tête, avança un cendrier, puis disposa deux tasses et le sucrier.

— A vrai dire, reprit l'adjudant, c'est lui, Rouchon, qui est tombé dans la gueule du loup. Il devait avoir faim, sans doute, et on l'a cueilli à la sortie de la boulangerie.

— A Chantelauze ?

— A Chantelauze, oui, hier au soir. Il a passé la nuit au trou, bien au chaud. Pas vrai, Blanchot ?

Le gendarme daigna sourire au bon mot de son supérieur.

— Tout à fait, mon adjudant.

— Et vous allez le garder longtemps en prison ? s'enquit Fanette.

— Oh ! chez nous, il ne fera que passer. Non, dans la journée, nous allons le transférer à Clermont, à la maison d'arrêt. C'est un récidiviste, votre Gilbert, et le milieu carcéral, il connaît.

L'adjudant aspira une profonde goulée de tabac avant de conclure :

— Pour moi, je pense qu'ils le garderont un mois, un mois et demi, deux mois tout au plus. Coups et blessures, même sur un mineur, ça ne va pas chercher bien loin. Enfin, voilà, on voulait quand même vous prévenir.

Les gendarmes partis, Fanette resta songeuse. Au moins, pendant quelque temps, elle vivrait sans avoir la hantise de la présence de son voisin diabolique. Ces derniers jours, d'ailleurs, lorsqu'elle fermait ses volets, elle était presque certaine que, tapi dans la nuit noire, Gilbert dardait sur elle ses yeux perçants d'animal traqué. Vite, elle actionnait l'espagnolette de la fenêtre et frissonnait encore au moment de pousser le verrou de la porte d'entrée. Enfin, voilà, c'était fait, il était en prison, Gilbert, et pour quelques semaines sans doute.

Finalement, elle se demanda si elle était satisfaite et soulagée, ou bien si elle ne regrettait pas déjà cette angoisse délicieuse de se sentir observée dans l'ombre. Elle haussa les épaules, regarda dehors.

Le ciel bas de décembre charriait vers le sud d'épais nuages gris au ventre boursouflé, et cette houle déferlait, d'une force tranquille, faisait virevolter les feuilles mortes et soulevait des tourbillons de poussières.

Puis elle pensa à Cédric, son fils. On était vendredi et, ce soir encore, il rentrerait à la maison après avoir passé la semaine à l'internat du collège. De plus en plus difficiles, les rapports avec Cédric. Le principal avait déjà convoqué Fanette par deux fois pour lui faire part de son mécontentement et de celui des professeurs. L'enfant travaillait mal, était un fichu paresseux et, ce qui n'arrangeait pas la sauce, avait un tempérament bagarreur comme ça n'était pas permis.

— Une vraie teigne, votre fils ! Et il ne craint pas de s'attaquer à des garçons de troisième, plus costauds que lui, pourtant.

Pourquoi Fanette s'était-elle sentie si fière, tout à coup, à cette remarque du principal ?

— Je ne trouve pas ça drôle ! avait-il tonné soudain devant l'esquisse de sourire de la mère. Pas drôle, vraiment pas drôle du tout !

— Excusez-moi.

Prise en faute, Fanette avait essayé de faire les gros yeux à Cédric. Bref, ce soir, vers les six heures, il serait là, et elle s'efforcerait alors de ne pas regarder l'horloge toutes les cinq minutes comme la dernière fois, lorsque le car de ramassage scolaire était passé avec un peu de retard.

On frappait à la porte. Fanette alla ouvrir.

— Tiens ! Bonjour, Germaine. Vous avez bravé le froid pour venir me voir ?

Tout essoufflée, la grosse femme ôta son châle noir et tendit ses mains potelées au-dessus de la flambée.

— Tudieu ! ça pique, ce matin !

Elle se tourna soudain vers Fanette qui put voir les veinules violacées du visage de la vieille lui dessiner d'étranges géométries sur les joues.

— Les gendarmes sont venus te voir ? dit-elle, rongée de curiosité. Ils t'ont appris quelque chose au sujet de qui tu sais ?

— Oui, ça y est, ils l'ont arrêté hier au soir.

— Tant mieux ! Qu'il y reste !

Elle se dirigea alors vers la table centrale, s'empara d'une chaise paillée et s'assit sans façon en soufflant fort. Ses yeux étaient chargés de colère, elle se maîtrisait difficilement.

— Des gens comme le Gilbert, ça mérite pas de vivre. C'est comme les rats, c'est de l'espèce nuisible.

Son fessier s'agitait de toutes ses rondeurs sur la chaise. Quelque chose la tracassait, dont il fallait qu'elle se débarrasse au plus vite.

— Le Gilbert, il est pareil à la Jacqueline, ma gendresse. Ils sont nés tous les deux pour faire des misères au pauvre monde.

Elle sortit d'une poche de son tablier un papier chiffonné qu'elle tendit à Fanette.

— Tiens, lis voir ce que j'ai reçu ce matin. Y a le directeur de la maison de retraite de Cunlhat qui me propose une place chez lui avant la Noël. Garce de Jacqueline, va ! Ferait mieux de s'occuper de ses gosses, celle-là !

— Mais vous n'allez pas accepter ! s'indigna Fanette en rendant la lettre à sa fougueuse voisine.

— Manquerait plus que ça ! Non, mais, des fois, pour qui tu me prends ? La Germaine, elle a sa dignité, tout de même !

La journée avait étiré sa grisaille et une nuit d'étoupe était tombée, brusquement, vers dix-sept heures. C'était le moment entre tous que redoutait Fanette, quand il lui fallait allumer la vieille lampe à pétrole que le Léon Tarrit avait dénichée dans le fin fond de son atelier, puis rafistolée pour elle. Non, décidément, elle ne pourrait continuer indéfiniment comme cela, dans le dénuement total et sans un seul des apports de la vie moderne.

Les paroles de Marielle, comme tous les soirs, lui revinrent alors en mémoire : « Sois raisonnable ! On ne peut plus vivre aujourd'hui comme il y a cent ans ! Pense donc : sans eau, sans électricité, t'es pas sortie de l'auberge, ma pauvre Fanette ! »

Elle savait bien qu'elle n'était pas la seule concernée. Il y avait Cédric, avec ses exigences, ses colères face à l'absence de télévision, ses bouderies, ses silences. Pas plus tard que la semaine passée, il était revenu du collège avec un magnifique coquard sur la pommette droite.

— C'est les copains qui me disent tout le temps que je suis un vrai plouc de pas avoir la télé. Alors, on s'est battus.

Oui, sûrement, cette situation ne pourrait durer davantage. Elle avait quelques économies ; elle demanderait à EDF de lui tirer une ligne, puis elle achèterait un poste et une antenne, et son fils pourrait vivre comme ses copains, ainsi qu'un gosse de son temps.

Fanette regarda sa montre : le car de ramassage n'allait plus tarder. Dans dix minutes, tout au plus, Cédric pousserait la porte, jetterait son cartable dans un coin, son sac à linge dans un autre, et irait réchauffer ses doigts gourds aux flammes de l'âtre. De quelle humeur serait-il aujourd'hui ? Et quel exploit, encore, aurait-il accompli au cours de la semaine écoulée ?

Deux coups discrets se firent entendre à l'entrée. La casquette inclinée sur l'oreille droite, des copeaux pleins les sourcils, le Léon Tarrit, rouge de froid, avança sa vieille figure couperosée.

— Un sapin de Noël, Fanette, ça t'intéresse ?

— Oh ! Léon, que c'est gentil ! vous êtes un amour.

Le sabotier entra en traînant par le pied un épicéa tout orné de givre.

— Je l'ai coupé au bois du Merle. Regarde, il est tout frais.

Après avoir appuyé l'arbuste au manteau de la cheminée, Léon vint s'asseoir à table, où déjà Fanette lui servait un canon de rouge.

— Vois-tu, Fanette, fit-il après avoir lapé une lichette de vin, vois-tu, ce qui te manque ici, c'est la lumière.

Il observa deux ou trois secondes avant de reprendre :

— Tu sais, ça serait pas bien sorcier de t'installer des prises électriques. Faudrait juste que tu demandes le branchement à EDF.

— Vous feriez ça pour moi, Léon ? Vrai ? Vous feriez ça ?

Fanette sauta au cou du vieillard et embrassa sa joue mal rasée, ce qui le fit rosir comme une jeune vierge.

— Eh ben ! les amoureux, on se gêne plus ?

Cédric venait de faire son entrée dans la pièce. Le cheveu en bataille, l'œil clair, un rien malicieux, il se tenait, mains sur les hanches, à un mètre de la porte et observait la scène.

— Ça te dirait, Cédric, d'avoir la télé pour Noël ? dit soudain le vieux dont les yeux se mirent à pétiller.

— Tu penses, si ça me dirait !

— Eh ben, c'est comme si c'était fait. Allez, à la bonne vôtre, les enfants.

Et le Léon Tarrit avala cul sec son verre de vin.

On approchait de Noël. Toute la semaine, Léon avait trimé pour être fin prêt le vendredi, date des vacances scolaires.

Dans l'après-midi de ce jour, le père Charbonnier, vendeur de matériel électroménager à Chantelauze, était venu installer l'antenne, puis il avait branché le poste de télévision.

— Ce qui serait bien, à présent, dit Léon, c'est que tu illumines ton sapin.

Et Fanette avait sorti d'un carton des guirlandes électriques, celles qu'elle avait accrochées aux arbres des Noëls passés dans l'appartement clermontois.

— C'est le gosse qui va être surpris ! fit encore le vieux, comme se parlant à lui-même.

Une véritable affection envers Cédric était née dans la tête du sabotier, et lui qui n'avait jamais eu d'enfant, dont la femme était partie comme ça, sans crier gare et sans explications, eh bien, il le considérait à présent un peu comme son petit-fils.

— Ça change complètement l'aspect de la maison, fit Fanette en prenant du recul et en s'émerveillant devant les lumières clignotantes de couleurs vives sur les branches.

Une idée, soudain, lui traversa l'esprit.

— Vous savez pas, Léon, ce qu'on pourrait faire ?

— Qu'est-ce qu'elle a encore inventé ? grogna-t-il dans sa barbe.

— Eh bien, voilà : la Germaine et vous, je vous invite le soir de Noël. On réveillonnera ici, tous ensemble. Ça vous dit ?

Le 24 décembre, la neige tomba d'abondance. C'était une neige lourde qui faisait plier les branches et les fils électriques, qui collait aux semelles et recouvrait le pays d'une enveloppe soyeuse. Les arbres tendaient en direction d'un ciel grivelé leurs griffes noires et un silence de monastère murait la campagne, que striaient parfois des vols de corbeaux à la recherche de pitance. Les pinsons, les mésanges et les rouges-gorges erraient comme des âmes en peine autour des maisons ; les merles, quant à eux, se contentant de sautiller sur la neige des jardins en quête d'hypothétiques graines.

Cédric sortit de bonne heure jouer dans la cour. Il fit rouler devant lui une boule de neige, elle devint bientôt presque aussi haute que ses épaules, et il s'arrêta, essoufflé et en sueur. Il entreprit alors de la creuser, ménagea une entrée, dégagea d'autres ouvertures.

— Léon, t'as vu ? C'est mon igloo.

Emmitouflé dans sa canadienne, le vieux Léon avançait péniblement dans la neige grasse du chemin. Il s'arrêta à hauteur de l'enfant, un large sourire illumina son visage en découvrant ses chicots tout marron.

— Alors, mon Cédric, c'est ta nouvelle maison ?

— Ho ! y a encore du travail à faire, mais ça commence à ressembler à quelque chose.

Pendant quelques instants, le sabotier regarda l'enfant qui s'activait en soufflant. Puis il tapa ses galoches sur le muret de l'entrée pour en faire tomber la neige, cogna à la porte et entra.

La Germaine était déjà là, qui aidait Fanette à plumer la dinde de Noël au-dessus d'une marmite d'eau bouillante.

— Eh bien, Léon, c'est à cette heure qu'on arrive ? fit la grosse femme sans même tourner la tête.

Elle transpirait abondamment, penchée sur le volatile, et, à son front mouillé, s'étaient collées des boucles grises. L'air était imprégné de l'odeur âcre de la dinde.

Fanette prit la défense de Léon.

— C'est pas du travail pour un homme, ce qu'on fait là, Germaine. C'est lui qui a tué la dinde, c'est déjà pas si mal !

— Pas pour un homme... Pas pour un homme... En tout cas, du temps de mon pauvre Pierre, c'est lui qui tuait la volaille, et ça l'empêchait pas de la plumer après.

— Vous aviez un mari, c'était une perle rare, Germaine ! dit Fanette en clignant de l'œil.

Elle était d'humeur rieuse, Fanette, en cette veille de Noël. Ce soir, le réveillon, en compagnie de son fils et de ses voisins. On serait bien tous les quatre, avec une bonne grosse flambée dans la cheminée pour égayer l'atmosphère. Dehors, la neige continuerait de tomber. La dinde, elle était allée la chercher en 2 CV chez son amie Régine Gouttebel. Régine avait refusé de lui vendre un de ces produits engraissés aux hormones dont son mari s'était fait le spécialiste. Non, elle avait préféré lui faire choisir un volatile sain et naturel, élevé comme autrefois, selon les méthodes traditionnelles.

— On s'en réserve toujours quelques-unes pour notre usage personnel. Alors, autant que tu en profites. T'es une bonne copine, c'est pas vrai ? Tiens, prends, tu m'en diras des nouvelles.

Et Régine avait lié les pattes de l'oiseau, une belle dinde d'un poids respectable qu'elle avait eu de la peine à faire tenir dans une cagette avant de la caser à l'arrière de la 2 CV.

— Dites donc, Léon, plutôt que de rien faire, allez donc vider la bassine dans la cour, fit la Germaine d'un ton autoritaire.

Le vieux renfila sa canadienne et obtempéra sur-le-champ en courbant le dos.

— Quelle autorité, Germaine ! Il vous obéit au doigt et à l'œil, dites donc !

Un instant plus tard, Léon était de retour, mais sa grosse voisine en avait encore après lui.

— Prenez les sécateurs et coupez-moi ces pattes, dit-elle.

Fanette était bien dans sa peau. Les préparatifs allaient bon train, tout tournait comme sur des roulettes. Elle jeta un coup d'œil par la fenêtre. La neige tombait d'une façon plus espacée, mais de courtes rafales projetaient parfois violemment contre la vitre des flocons plus ténus.

— Et Cédric, qu'est-ce qu'il fait ? s'inquiéta-t-elle en tendant le cou en direction de la cour.

— Il s'amuse, laisse-le que faire, fit la Germaine.

— Faudrait pas qu'il attrape du mal.

— Mais non ! Qu'est-ce que tu te tracasses ? La neige, c'est pas mauvais pour la santé. Le tout, c'est de bien le sécher après, quand il rentrera.

Et la matinée coula ainsi, dans la fièvre des préparatifs du réveillon et la chaleur de l'âtre. Vers midi, la camionnette du boulanger fit entendre son Klaxon prolongé, et Fanette sortit pour acheter le pain.

— Vingt dieux ! jura l'homme. Y a pas idée d'habiter un trou pareil ! J'ai failli par arriver jusqu'ici avec cette saloperie de neige.

Fanette paya, puis observa le véhicule qui repartait et dont les roues patinaient dans le chemin. Enfin, il disparut à la courbe et elle rentra chez elle.

— Cédric ! Cédric ! cria-t-elle avant de pousser la porte.

L'enfant ne répondait pas et la maison de neige qu'il avait bâtie de ses mains paraissait vide.

— Où est-ce qu'il sera encore passé, ce sacripant ? reprit-elle, déjà inquiète.

Elle posa la question à Léon et à la Germaine :

— Cédric n'est pas rentré pendant que j'achetais le pain ?

Sur les dénégations des deux vieux, elle ressortit, s'approcha de l'endroit où le garçon jouait dans son igloo. Les traces de ses pas dans la neige se dirigeaient vers le pont sur la Faye. Elle les suivit. Le gosse avait emprunté un moment la rue du village, et puis, à hauteur de la maison de Gilbert Rouchon, il avait tourné à droite.

— Mais qu'est-ce qu'il est allé faire chez ce brigand ? ne put-elle s'empêcher de dire.

Le cœur battant, elle descendit dans la cour. Cédric avait dû hésiter un moment devant la porte de la masure. En tout cas, des traces de piétinement le laissaient supposer. Ensuite, il avait contourné le corps du bâtiment et escaladé un muret. Fanette fit de même et, à la suite de son fils, se retrouva dans une remise mal éclairée. Elle déboucha sur un couloir crasseux. Les planches disjointes craquèrent sous ses pas. Un peu plus loin, une porte était entrebâillée, par où filtrait un rayon jaune pâle. Elle la poussa du pied. Les charnières se mirent à grincer méchamment. Alors, elle avança la tête. Elle fut soudain totalement abasourdie.

Assis en tailleur sur le plancher, au milieu d'immondices, Cédric était en adoration devant des sortes de statuettes sur lesquelles, en plusieurs endroits, quelqu'un avait enfoncé des épingles. A deux mètres de lui, un rat mort, énorme, gisait, les yeux ouverts.

— Cédric ! Qu'est-ce que tu fais ?

Le gosse sursauta, se tourna vers sa mère.

— Ah ! c'est toi, maman. T'as vu ces machins, c'est rigolo, tu trouves pas ?

— Jette-moi ça tout de suite ! hurla Fanette.

Elle se précipita, balança des coups de pied rageurs aux statuettes dont presque toutes les épingles tombèrent sur le plancher.

— Allez, viens avec moi, sortons de là.

Une peur viscérale s'était emparée d'elle, ici, dans l'antre de Gilbert, dans cette tanière où le diable qu'il était avait dû se livrer à des actes de sorcellerie, et peut-être même sur sa personne. Savait-on jamais, avec un fou pareil ?

Tenant Cédric par un bras, elle marchait vite. Dans la remise, elle poussa un grand cri. Traversant devant elle, une dizaine de rats lui frôlèrent les mollets et s'enfuirent en menant grand tapage. Heureusement, l'air vif du dehors lui fouetta le visage, et elle plongea ses mains dans la neige, comme si elle avait voulu les laver.

— Cédric, dit-elle avec force, promets-moi de ne plus jamais remettre les pieds dans cette maison.

Mais, comme l'enfant regardait ailleurs en faisant semblant de ne pas avoir entendu, elle répéta, en le cramponnant aux épaules :

— Tu m'écoutes, dis ? Promets de ne plus revenir ici.

Pour toute réponse, Cédric se dégagea de l'étreinte et se réfugia dans son igloo. Une fois assuré qu'il était seul, il sortit d'une de ses poches une figurine en chiffon dans laquelle il plongea presque entièrement la longueur d'une grosse épingle.

Il avait un sourire mauvais.

XIV

La neige cessa de tomber deux jours avant le nouvel an. Un grand ciel livide couvrit alors la campagne immaculée, où se posaient des corbeaux aux croassements lugubres. En amont, les sapins piquaient de sombre cette uniformité, et puis perdaient la tête dans une mer de nuages. La gelée, bientôt, figea les paysages, et une bise glaciale déferla sur les chaumes en soulevant d'épaisses volutes blanches.

A Espinasse, chacun se rencognait chez soi, près du feu. La Germaine, qui avait peur de s'affaler sur cette neige durcie, restait tranquillement derrière ses rideaux à observer moineaux et mésanges en train de se battre pour quelques miettes d'une mixture qu'elle leur préparait. Léon, quant à lui, était plus aventureux ; il chaussait ses bottes et, hardi, faisait la navette de chez sa grosse voisine jusqu'à la maison de Fanette, de l'autre côté de la Faye. Cédric était devenu tout bizarre depuis quelque temps, et le vieux en était plus qu'inquiet.

— Qu'est-ce qu'il a, ton fils ? n'arrêtait-il pas de dire à Fanette. Il couve quelque chose, cet enfant-là. Sûr, il n'est pas dans son assiette.

Fanette non plus n'était pas dans la sienne. Le soir du réveillon de Noël, pour lequel elle s'était fait une si grande joie, elle était restée soucieuse, presque désemparée. On eût dit que son esprit était ailleurs, elle regardait Cédric à la dérobée, comme si le gosse était devenu tout à coup un animal curieux.

Et depuis, ça trottait dans sa tête. Et ça bouillonnait d'un tas d'idées saugrenues qui l'empêchaient de dormir la nuit et la mettaient en fureur le lendemain. Alors, elle se disait que Gilbert, bien qu'enfermé loin d'ici, avait ensorcelé Cédric avec ses statuettes. Le gosse était maudit, les pires malheurs s'accumuleraient sur lui tout au long de sa vie. A d'autres moments, elle se raisonnait et, le regardant jouer dans la neige comme n'importe quel autre enfant de son âge, elle retrouvait alors un peu de calme.

La rentrée scolaire de janvier survint bientôt et Cédric repartit au collège. Fanette se retrouva toute seule dans sa maison. Ses économies, elle les avait largement entamées avec l'achat et l'installation du poste de télévision. Et puis, il fallait bien manger chaque jour. Elle se demanda donc si l'heure n'était pas venue de chercher du travail pour subvenir à ses besoins.

Régine Gouttebel, sa copine des virées de jeunesse, une fois de plus, intervint dans sa vie. Fanette la vit arriver en voiture un matin qu'elle faisait en grand son ménage.

— Alors, ma vieille, dit Régine qui était tout sourire, tu t'ennuies pas trop dans ton trou ?

— On fait aller, répondit Fanette.

— Tu me payes un café ?

Régine s'installa sans façon, alluma une Marlboro, se dévêtit de son manteau en cuir. Fanette fit réflexion qu'elle avait un sacré charme, cette fille enjôleuse. Pas étonnant si les garçons craquaient pour elle autrefois ! Peut-être même qu'aujourd'hui encore...

— Ça te dirait de travailler chez moi ? demanda Régine à brûle-pourpoint après avoir rejeté vers le plafond la fumée de sa cigarette.

— Qu'est-ce que tu dis ?

— Ben, voilà, mon mari est de plus en plus pris par la politique. Ça lui mange tout son temps, et il est de moins en moins souvent à la maison. Alors, si tu voulais bien t'occuper un peu de l'élevage des volailles. On te payerait bien, tu sais.

— C'est d'accord, dit Fanette.

Dès le lendemain, elle se retrouva au petit matin dans la propriété des Gouttebel.

René était un homme carré, large d'épaules, la cinquantaine bedonnante et le verbe haut.

— Régine m'a dit beaucoup de bien de vous, fit-il en la saluant. Venez que je vous explique en quoi consistera votre travail.

Il la conduisit à un bâtiment de forme oblongue, où une lumière blanche se déversait par des ouvertures disposées à mi-hauteur qui dessinaient de tout petits rectangles dans les premières lueurs de l'aube. Gouttebel poussa le battant d'une porte et, en pénétrant à sa suite, Fanette fut suffoquée. Ça grouillait là-dedans, ça pullulait de milliers de poussins dont les pépiements emplissaient l'espace clos. Elle eut un mouvement de recul que le gros homme aperçut. Il se tourna vers elle en souriant.

— Ça surprend, la première fois. Mais on s'y fait vite, vous savez.

Il avança de trois pas.

— Suivez-moi. Ne faites pas de gestes brusques, ça risquerait de les effrayer et certains mourraient étouffés.

Alors il expliqua que ces poussins avaient huit jours, qu'il avait en charge de les engraisser, et que, dans six semaines environ, un camion viendrait les reprendre. Le temps de tout remettre en ordre dans le poulailler et, vingt-quatre heures plus tard, il lui faudrait réceptionner une nouvelle marchandise.

— On a des pertes, expliqua-t-il. De l'ordre de dix pour cent, un peu comme à l'armée. Mais quand tout se passe bien, ça fait de l'argent à la sortie.

Fanette ne savait plus où donner de la tête. Une odeur âcre, piquante, montait à ses narines, et elle comprima difficilement une forte envie d'éternuer.

— Voilà les mangeoires, reprit Gouttebel. Et là, les becs à eau. Il faut bien veiller à ce que ça soit le plus propre possible. Ah oui ! autre chose : toujours laisser la lumière. Ces bêtes-là, ça supporte pas l'obscurité. Dans le noir, les poussins deviennent comme fous. L'été dernier, l'orage a provoqué une panne d'électricité. Cinq minutes, ça a duré, pas plus. A l'arrivée, quatre mille poulets morts étouffés. La catastrophe, quoi !

Ils terminèrent le tour du bâtiment. En dépit de son poids, Gouttebel avait adopté une démarche assez légère que Fanette s'efforça d'imiter. Soudain, il lui fit face :

— Fanette... Vous permettez que je vous appelle Fanette ? Voilà, j'espère que vous vous plairez ici. Et puis, ça fera une compagnie à ma Régine. J'ai tellement peur qu'elle s'ennuie toute seule.

Fanette travaillait depuis huit jours à l'élevage des poulets. Elle arrivait le matin à six heures, à la nuit noire. A dix heures, c'était la pose, et, à ce moment-là, Régine lui préparait un café qu'elles buvaient ensemble dans la cuisine. La maison des Gouttebel était meublée avec goût, et un luxe discret émanait des profonds fauteuils en cuir vert du salon. Des bahuts anciens, un vieux vaisselier, des tables gigognes révélaient une forme de recherche presque étonnante lorsque, tout comme Fanette, on avait connu la Régine du temps jadis.

Et Fanette songeait alors à son antique demeure d'Espinasse, toujours glaciale quand elle en partait le matin ou qu'elle y revenait l'après-midi, une maison sans aucun des avantages de la vie moderne. Certes, elle avait voulu qu'il en soit ainsi, mais, tout de même, elle ne pouvait s'empêcher de penser que certains étaient sacrément chanceux dans l'existence.

— Tu en as de la veine de vivre ici, lâcha-t-elle un jour à Régine.

— De la veine ? Tu parles d'une veine de coucher avec un vieux qui n'a rien dans son pantalon ! Tu me connais, Fanette, tu sais que je suis ardente pour certaines choses. Alors, imagine !

Et Fanette imaginait bien, en effet, que la patronne devait prendre du bon temps avec d'autres. Elle n'avait pas à aller chercher bien loin, sans doute, et elle était même livrée à domicile, si l'on pouvait dire, en la personne de ce Manuel, ouvrier agricole chez Gouttebel et gardien de but de l'équipe de football de Chantelauze. Un bel homme, à vrai dire, de type espagnol, et qui ne devait pas non plus cracher sur la chose. Alors, bien sûr, pendant les nombreuses absences du maître de céans...

Fanette côtoyait Manuel tous les matins. Il prenait son service à huit heures, lui disait bonjour et, très vite, se mettait au travail, sans faire plus de discours. Pourtant, quand Régine, par hasard, pénétrait dans l'enceinte du poulailler, le regard du bel hidalgo s'enflammait. Il l'aurait croquée toute crue.

— Il en pince pour toi, dis donc, ce Manuel ! avait plaisanté Fanette.

— Oh ! tu sais, moi, c'est simplement hygiénique. Tout le reste, les sentiments, c'est du bla-bla-bla.

Décidément, elle ne changerait jamais, cette sacrée Régine !

A quatorze heures, Fanette rentrait chez elle. Elle passait par le bourg, achetait des victuailles et mangeait sur le pouce dans sa maison d'Espinasse. Ensuite, elle s'occupait de ses volailles à elle, quatre poules et un coq que les Gouttebel lui avaient cédés en guise de cadeau de bienvenue dans l'entreprise. Généralement, la Germaine ou le Léon, ou les deux en même temps, venaient lui faire visite.

— Ça se passe bien ton nouveau travail ?

— Tout baigne, Germaine. Les poulets grossissent à vue d'œil.

— Tu parles ! Avec les saloperies que vous leur donnez à gouler, pas étonnant qu'ils fassent du lard.

En tout cas, tu m'en feras jamais manger, de tes bestioles !

— Bah ! c'est peut-être pas si mauvais que ça, après tout, faisait Léon, toujours conciliant.

— Oh ! vous, le Léon, mêlez-vous de ce qui vous regarde !

La Germaine avait été contactée de nouveau par la maison de retraite de Cunlhat qui lui proposait une fois encore une place de pensionnaire ; aussi, depuis trois jours, elle ne décolérait pas. Sa gendresse, le directeur de l'hospice, la vie moderne, les poulets aux hormones : tout était à mettre dans le même sac, c'était canaille et compagnie.

— Ah ! on vit dans un monde qui devient pas beau ! Y a du souci à se faire pour les générations futures, c'est moi qui vous le dis.

Mais Fanette avait d'autres chats à fouetter.

Fin janvier, un après-midi, la Germaine reçut un coup de téléphone du principal du collège de Chantelauze.

— Pourrais-je parler à madame Batisse, je vous prie ?

La Germaine avait affronté la glace du chemin et, en maugréant quelque peu, s'en était allée quérir Fanette.

— Il faut que vous veniez tout de suite, madame Batisse. Votre fils Cédric a encore fait des siennes, et je suis contraint de prononcer à son encontre une mesure d'exclusion temporaire, lui annonça le principal.

Foutu à la porte, Cédric ! Mais quelle bêtise avait-il donc commise encore ? Fanette monta dans sa 2 CV.

Un quart d'heure plus tard elle était assise dans le bureau directorial.

— Cédric est un bagarreur comme on n'en fait plus. Figurez-vous que ce cher petit ange vient de casser deux dents à un garçon de quatrième, après lui avoir poché un œil et fait saigner le nez. Il est adorable, votre fiston ! Ah ! oui, aussi, j'oubliais : un surveillant a trouvé au dortoir, dans ses affaires, ceci...

L'homme ouvrit un tiroir de son bureau, sortit, en les énumérant, les objets du délit.

— Deux paquets de cigarettes... entamés, bien sûr. Deux briquets, une boîte d'allumettes, cette poupée... enfin, pour être plus exact, ce chiffon avec toutes ces épingles piquées dessus.

Il toussota avant de reprendre :

— Il fait peut-être aussi de la magie noire, ce cher petit ange ?

Bref, Cédric écopa de quatre jours de mise à la porte. Il entendit sans broncher la sentence avant de faire son paquetage et de grimper dans la voiture de sa mère, en route pour Espinasse.

— Tu es content de toi, j'imagine ?

Le gosse ne répondait pas, regardait fixement, devant lui, la route défiler.

— Y a pas idée ! reprit Fanette. Se battre comme un vaurien ! Tiens, vois-tu, tu me fais honte ! J'ai honte d'être ta mère !

— Mais c'était pour te défendre ! s'insurgea-t-il.

De grosses larmes emplirent ses yeux et roulèrent sur ses joues. Fanette freina, gara la 2 CV sur un bas-côté.

— Me défendre ? Explique-toi, veux-tu.

Cédric renifla, comprima un sanglot, finit par se tourner vers sa mère.

— Il m'a dit qu'à Clermont t'étais une... une femme de mauvaise vie et que tu savais même pas qui était mon père. Tu voulais je lui laisse dire n'importe quoi, à cet abruti ?

A son tour, Fanette ravala ses larmes. Elle prit Cédric aux épaules, enfouit sur sa poitrine le visage du gosse, lui passa la main dans les cheveux.

— Mon chéri ! Mon grand chéri ! Mon petit homme !

Cédric se retrouvait seul dans la maison d'Espinasse. Comme sa mère ne rentrait que vers les deux heures et demie, c'est la Germaine qui l'hébergeait pour le repas de midi.

La vieille se démenait pour préparer le déjeuner et, tout en mettant la table, le gosse s'amusait à observer ses allées et venues du buffet au fourneau. Elle avait toujours une casserole à déplacer sur la fonte, une queue de poêle à changer de côté, une pincée de sel à ajouter quelque part. Elle soufflait beaucoup, comme si elle avait du mal à respirer, et ses grosses joues flasques, couleur de chanvre, étaient animées d'un perpétuel tremblement.

Germaine gardait le garçon depuis deux jours et avait du mal à contenir sa colère. Elle éclata au moment du dessert :

— Ça fait malice, tout de même !

De tout le repas, Cédric avait senti qu'une idée fixe chagrinait la vieille femme, qui n'avait fait que manger du bout des lèvres un peu de purée et n'avait pas touché aux saucisses qui l'accompagnaient.

— Oui, ça fait malice, recommença-t-elle. Ta mère te paye des études, et toi, c'est comme si t'étais en vacances ! C'est pas une punition, ça ! De mon temps, quand on était punis, c'était pas de la rigolade ! Au moins, est-ce que tu travailles un peu ?

— Bien sûr, Germaine, ce matin, j'ai fait mes maths.

— M'm ouais.

Incrédule, la vieille se leva, souleva les plaques circulaires du fourneau, introduisit le pique-feu dans le foyer, déclenchant par là-même une gerbe d'étincelles qui montèrent au plafond en particules incandescentes. Tout à coup, le museau de Léon apparut dans l'entrebâillement de la porte.

— Tu viendras bien m'aider à faire une paire de sabots, galopin ?

Il avait la mine réjouie, Léon, tout au bonheur de transmettre son art à la jeune génération. Un filet de salive coulait à la commissure de ses lèvres et allait se figer sur les poils blancs du menton.

La Germaine s'emporta :

— Et voilà qu'il s'y met, celui-là aussi ! Cédric, il est puni, il a été mis à la porte de son collège. C'est tout de même pas pour qu'il passe du bon temps, nom d'un chien !

— Mais, Germaine...

— Y a pas de mais ! Sa mère me l'a confié. Il fera ses devoirs, un point c'est tout !

Tout penaud et déçu, le vieil homme tourna le dos et referma la porte sur lui.

— Non, mais des fois ! rugit encore la Germaine.

Elle commença de débarrasser la table, fit face à l'enfant :

— Ça y est, t'as fini de manger ? Alors, file vite chez toi, et au travail. Et surtout, t'avise pas de t'arrêter chez le Léon, ou gare à tes fesses !

En s'en allant, Cédric regretta de ne plus avoir la poupée de chiffon. Le principal du collège l'avait confisquée. Tant pis, il y aurait volontiers planté des aiguilles pour faire des misères à la Germaine.

Ce premier dimanche de février, Dieu ! qu'il était gris ! Non, le jour ne se lèverait pas ce matin. Le brouillard ensevelissait les sapins dont le pelage noir des crêtes émergeait par plaques. L'humidité était partout, épandant son haleine sur le moindre ourlet de terre. Jusqu'à la Faye qui s'y mettait, et son gargouillis paraissait plus mouillé encore que d'habitude alors que les sous-bois dégageaient la vieille senteur iodée des feuilles mortes de l'automne.

La Germaine posa un pied sur la descente de lit en poils de blaireau. Qu'est-ce qu'il avait donc à tourner de la sorte, ce maudit plancher ? Elle resta un moment assise sur le rebord de sa couche, la tête entre les mains. Yeux ouverts, yeux fermés, rien à faire : le monde, décidément, ne voulait pas marcher droit ce matin. Elle inspira profondément, garda l'air quelques secondes dans le fond de ses poumons, le rejeta avec force avant de faire un effort de volonté pour se dresser sur ses jambes.

— Alors, ma vieille carcasse, tu vas tout de même pas me laisser tomber comme une chique molle ? se dit-elle tout haut pour se donner du courage.

En se tenant aux murs, elle sortit de sa chambre, cramponna la rampe d'escalier pour descendre à la cuisine. Il faisait froid. Alors, elle souleva les plaques du fourneau, y jeta du papier journal qui s'enflamma immédiatement aux braises, ajouta des bûchettes.

Dieu ! que ça tournait ! Quel manège de chevaux de bois ! Elle s'efforça d'avaler un plein bol de café noir. Elle eut l'impression que le liquide brûlant la revigorait quelque peu et que ça dansait moins la sarabande dans sa vieille caboche. Puis elle alla ouvrir son poulailler. Dieu ! quel froid humide ! Un vrai temps pourri !

Elle se hâta de traverser la cour. Quand ils la virent, les poussins se mirent à pépier. Ça n'avait que deux jours, mais ça connaissait déjà son monde, ces petites bêtes-là. La Germaine leur donna du lait caillé sur lequel ils se jetèrent avec frénésie. Puis elle ramassa les œufs pondus de la nuit et libéra les poules qui s'en allèrent en ordre dispersé gratter le tas de fumier.

En ressortant, ça se remit à tournoyer devant ses yeux. Sa vue se brouilla et, comme une masse, tout d'un coup, elle tomba tête la première dans la gadoue en écrasant les œufs sous son poids.

— Fanette ! Fanette ! Viens vite, je crois que la Germaine est morte.

L'air hagard, la casquette de travers, c'était Léon qui venait d'entrer en coup de vent.

— Elle s'est affalée de tout son long dans sa cour. Elle respire plus. Viens vite !

Fanette et le sabotier firent au pas de course le chemin jusqu'à la ferme.

— Son cœur bat encore, dit Fanette. Aidez-moi, nous allons la transporter chez elle.

— C'est qu'elle est lourde, constata Léon en la saisissant aux aisselles.

Ils l'allongèrent dans sa cuisine. Pendant que Fanette téléphonait au médecin de garde en ce dimanche, Léon alla chercher une couverture et un oreiller à la chambre. Avec des gestes maladroits, en tremblant quelque peu, il disposa l'une et l'autre.

La vieille femme avait le visage violacé, de la bave coulait de sa bouche avant de se mélanger à la boue qui lui salissait le menton. Des mèches de cheveux étaient souillées par du blanc et du jaune d'œuf mêlés, et une grosse larme perlait à son œil droit.

— M'est avis qu'elle en a plus pour longtemps, fit Léon.

— Chut ! Faut pas dire ça, elle vous entend !

Le médecin arriva en même temps que l'ambulance de Chantelauze.

— Je la fais hospitaliser, dit-il. Vous êtes de la famille ?

Fanette expliqua la situation, se proposa de téléphoner à François et Jacqueline. La Germaine avait repris quelque peu ses esprits et, alors que la jeune femme lui nettoyait la figure avec un gant trempé dans de l'eau tiède, elle fit un effort pour parler :

— Fanette, je veux rester ici. Je ne veux pas qu'on m'emmène à l'hôpital.

— Il le faut, Germaine. Vous verrez, on va bien vous soigner là-bas. Et dans quelque temps, vous reviendrez, fraîche comme une jeune fille.

La vieille secoua la tête, ferma les yeux, réagit à peine quand le médecin lui piqua la veine à la saignée du coude avant de lui injecter le contenu d'une grosse seringue.

— C'est grave, docteur ? osa demander Léon.

Ses traits étaient tirés. S'il perdait la Germaine, c'était son passé tout entier qui se sauvait d'un seul coup. Devant le silence du praticien, qui prenait une fois encore la tension de la malade, Léon répéta :

— Vous croyez que c'est grave ?

— C'est sérieux. Il faut savoir ce qui s'est passé. Les examens cliniques nous l'apprendront.

Puis le médecin aida l'ambulancier à coucher la Germaine sur le brancard, et la vieille femme se retrouva sans même s'en apercevoir dans le véhicule.

Derrière la vitre, à l'extérieur, Cédric était là qui la regardait. De la buée sortait de ses narines. Les yeux du gosse avaient de bien étranges lueurs au moment où la voiture démarra.

Au carrefour de la route d'Ambert et du chemin d'Espinasse, Gilbert s'était arrêté quelque temps pour reprendre son souffle. Cette nuit encore, au retour de la centrale, il avait couché dans une vieille cahute du côté d'Augerolles et, à cette heure-là du matin, malgré la marche, il n'avait toujours pas trouvé le moyen de se réchauffer le sang.

Ce froid humide, il ne l'aimait guère, et d'ailleurs, c'était l'ennemi redouté des chemineaux comme lui, lorsqu'il s'immisçait dans leurs vêtements afin d'appeler la mort.

Gilbert enfonça un peu plus la tête dans le col de sa canadienne et reprit sa marche. Il n'avait pas fait dix pas qu'il vit soudain déboucher l'ambulance. Il se rangea sur le talus pour la laisser passer. Couchée à l'arrière du véhicule, ses mèches grises en désordre sur sa figure trop grasse, mais oui, c'était la Germaine.

Gilbert ne refoula pas ce sourire qui montait du plus profond de ses entrailles. Il avait déjà moins froid quand la voiture du médecin, quelques instants plus tard, passa à sa hauteur, puis tourna à gauche, en direction de Chantelauze.

XV

Trois jours que Gilbert était revenu. Par tous les diables, ça faisait du bien de revoir son pays !

Comme aux plus beaux moments de sa jeunesse, il avait couru les bois, ignorant le froid humide de ce février tout gris. Son repaire, c'était comme s'il l'avait quitté la veille, et il le retrouvait à présent tel qu'il l'avait laissé quelques semaines auparavant, quand il s'était fait arrêter bêtement par les gendarmes, devant la boulangerie. Il avait un peu l'impression que quelqu'un avait visité la maison pendant son absence. Comment dire ? C'était comme si flottait dans l'air une odeur étrangère, inconnue, et qui se serait installée à demeure pour n'en plus vouloir repartir.

Ce matin-là, il se dirigea vers la remise, sur l'arrière du bâtiment. Oui, il avait envie de faire du mal à quelqu'un, à cette grosse Germaine, par exemple, qui devait se trouver en ce moment allongée sur son lit d'hôpital. Et si lui, Gilbert, l'aidait un petit peu, cette matrone, à franchir le pont... Les poupées de chiffon, il les avait fabriquées pour ça, après tout.

Il entra. Par Satan ! Quel était le fichu salopard qui avait fait le ménage de la sorte ? Les figurines gisaient à terre sur le plancher crasseux. Gilbert les ramassa, les réinstalla sur leur socle, rassembla en tas les aiguilles qu'il disposa tout à côté.

C'était le gosse ! Oui, Gilbert en était sûr, le marmot de Fanette était l'auteur de cet exploit. Il grogna, se prit la tête dans les mains. La douleur revenait, cette gueuse de migraine qui ne voulait pas le lâcher. Il allait voir, cet enfant de garce, il la lui ferait passer, tiens donc, cette envie de se mêler de ce qui ne le regardait pas.

Gilbert se retrouva dehors. Le vent de la montagne s'était levé, prenant en enfilade la rue du village et vaporisant de fines gouttelettes glaciales sur les façades. Chez Fanette, personne. Bien sûr, elle était partie travailler ce matin, comme tous les autres jours de la semaine. Quant au gamin, il devait être au collège de Chantelauze, évidemment. De rage, Gilbert balança un coup de pied sur le bois de la porte. Ah ! mais, attends un peu, il ne l'emporterait pas en paradis, ce sale fils à son père ! Et cette fichue migraine... Quand donc voudrait-elle bien l'oublier, celle-là aussi ?

Il remonta la rue, franchit dans l'autre sens le pont sur la Faye. Les eaux de la rivière étaient noires, sournoisement engoncées dans leur allée de vergnes décharnés. Un instant, il s'arrêta pour écouter l'écoulement cristallin qui lui apporta un peu de calme. Mais, de nouveau, l'image de ses figurines éparpillées sur le sol déchaîna en lui une colère plus violente encore. Il accéléra l'allure. Tiens donc ! Brave Léon, qui devait être lui aussi dans la combine, saloperie de sabotier !

Léon venait de sortir sur son devant de porte pour regarder la couleur du ciel. Gilbert se précipita au devant de lui et, avant qu'il ait eu le temps d'esquisser un geste, il le cramponna par le col de sa veste et le poussa dans l'atelier où le vieux se retrouva les quatre fers en l'air, au milieu d'un tas de copeaux. Furieux, les yeux exorbités, Gilbert détruisait tout. Il venait de saisir des rondins de noyer qu'il projetait à travers les vitres en hurlant. Puis il s'empara d'une herminette et, l'agitant avec frénésie au-dessus de sa tête, il fit le tour de l'atelier comme un dément.

Léon s'était réfugié dans un coin de la pièce. Les objets alignés sur les rayonnages, les outils, les sabots, tout était en train de voler bas. En peu de temps, l'atelier fut retourné de fond en comble. Alors, calmé semblait-il, Gilbert, en sueur, se tourna vers le sabotier.

— Eh bien, vieux machin, qu'est-ce que t'en penses ? Il est bien mieux rangé comme ça, ton atelier, tu ne trouves pas ?

Et il éclata d'un grand rire avant d'ouvrir la porte et de la claquer derrière lui.

Une fois dans la rue, l'idée lui vint d'aller faire un tour du côté de chez la Germaine. Après tout, cette vieille bique était peut-être bien coupable, elle aussi. Et puis, même si elle ne l'était pas, cela ne changeait rien à l'affaire, il agissait comme il l'entendait, il était le maître ici !

Bien sûr, la maison était bouclée à double tour. Mais à côté, il y avait le poulailler. Vingt dieux ! vu son état actuel, ça n'était pas demain la veille que la Germaine se ferait rôtir une volaille ! Alors, sans façon, Gilbert s'empara de deux poules qu'il assomma d'un coup de poing et ramena chez lui, pendues par les pattes.

Sa migraine commençait de le lâcher un peu lorsqu'il poussa la porte d'entrée de sa masure.

Fanette s'était bien habituée à son travail. Certes, il lui fallait se lever tôt pour se rendre à l'exploitation des Gouttebel, mais les gelées des petits matins, lorsqu'elle montait dans la 2 CV, finissaient de la réveiller complètement. Il faisait nuit encore quand elle arrivait, et les rectangles lumineux des ouvertures du bâtiment semblaient lui dire de vite venir se mettre au chaud. Les poulets la connaissaient à présent. On eût dit qu'ils attendaient sa venue et qu'ils lui faisaient fête quand elle poussait le battant de la porte d'entrée. Alors, elle commençait à vider les bacs à nourriture souillés par les volatiles, changeait l'eau des récipients, refaisait le plein des mangeoires. Elle s'attachait, bien sûr, et ainsi que le lui avait recommandé le patron, à ne jamais avoir de geste brusque qui eût déclenché une véritable panique dans l'enclos.

Un peu plus tard dans la matinée, arrivait Manuel. Il travaillait en silence, fredonnant parfois le refrain d'une chanson à la mode, de plus en plus réjoui à mesure qu'approchait l'heure de visite de Régine. Et quand la patronne, en courant d'air, entrait, il ne la quittait plus des yeux. Elle semblait bien s'en moquer, d'ailleurs, ne lui portant en général qu'une lointaine attention qui ne la dispensait pas, pourtant, de trouver un prétexte pour qu'il vînt la rejoindre si d'aventure son envie à elle s'avérait trop pressante.

Mais depuis le malaise de la Germaine, voilà trois jours, Fanette n'avait plus la tête à prêter la moindre attention à ces comportements et, cet après-midi, elle irait, en compagnie de Léon, au CHU de Clermont-Ferrand rendre une petite visite à la malade qui, aux dires de son fils François, avait été placée en soins intensifs. Parviendrait-on à la sauver ?

Et Gilbert ? Il était revenu, le diable du village. Plus crasseux que jamais, ce bougre de phénomène. Et peut-être plus inquiétant encore !

Bref, depuis trois jours, Fanette n'était pas tranquille. Encore heureux que Cédric ne fût pas avec elle, mais à l'internat de son collège. Il était devenu si bizarre depuis ces dernières semaines. Renfermé sur lui-même, cabochard comme jamais, on eût dit qu'une force mauvaise lui dictait de se montrer désagréable envers son entourage.

La Germaine, Cédric, Gilbert : avec ces trois soucis, elle ne dormait plus son comptant, la Fanette.

Expansive comme à son habitude, Régine fit soudain son entrée dans l'enclos des volailles.

— Bonjour, mes chéris. Comment ça va, ce matin ?

Effrayés par cette intrusion bruyante, les poulets situés vers l'entrée se bousculèrent dans un affreux caquetage, et Fanette se dit que la patronne était sacrément irresponsable de se montrer aussi peu respectueuse des consignes.

Régine fit claquer trois baisers sonores sur les joues de Fanette et un autre, tout aussi spontané, sur les lèvres de Manuel. Décidément, elle en prenait à son aise ! Si son mari la voyait ! Ce pauvre René

Gouttebel avait des cornes qui devaient l'empêcher de passer sous les portes.

— Alors, mes amours, en forme, ce matin ? reprit Régine en quittant son lourd manteau en cuir et dévoilant ainsi une minijupe moulante, ce qui eut pour effet de complètement chavirer le beau Manuel.

Elle fit soudain volte-face, et puis, très théâtrale, annonça à la cantonade :

— Liberté absolue pour les trois jours qui viennent. Mon mari vient de partir à Paris pour son syndicat agricole. Alors, à nous la belle vie, mes amours.

Et, se tournant vers Fanette :

— Allez, ma chérie, je te libère. Tu peux rentrer chez toi, Manuel s'occupera de ton travail.

— Et si ton mari vient à l'apprendre ?

— Taratata ! En son absence, c'est moi qui commande, non ? Allez, file, ma poulette.

Installée au volant de sa voiture, Fanette se dit que Régine était un peu folle et que l'affaire tournerait au vinaigre un de ces jours. Après avoir fait quelques courses à Chantelauze, elle reprit la route en direction d'Espinasse.

En arrivant au village, les vitres brisées à l'atelier de Léon Tarrit ne manquèrent pas de la surprendre.

— Léon ? Qu'est-ce qui s'est passé ici, Léon ?

Le vieux était prostré près de son établi dont tous les outils avaient été jetés à terre. Il avait le regard fixe, une larme brillait dans un coin de paupière, et près de lui gisait sa casquette qu'il n'avait pas pris la peine de ramasser.

— Léon, expliquez-moi ce qui est arrivé, recommença Fanette en le secouant aux épaules.

Il tourna vers elle des yeux qui dardaient une grande fureur.

— C'est Rouchon, finit-il par dire. C'est Rouchon. Il va falloir le tuer, ce malfaisant.

Beaucoup d'efforts furent nécessaires à Fanette pour que Léon, encore traumatisé par la mise à sac de son atelier, acceptât de l'accompagner à Clermont-Ferrand. Heureusement, l'idée de revoir la Germaine, avec laquelle il avait toujours été très lié sa vie durant, finit par le convaincre. Mais, de tout le trajet, il ne desserra pas les dents, demeurant le regard fixe sur la route qui défilait devant le minuscule pare-brise de la 2 CV.

A l'arrivée au centre hospitalier, il descendit de voiture comme un automate et suivit Fanette dans un ascenseur, puis le long d'interminables couloirs au sol brillant.

Fanette frappa à la porte de la chambre. Comme personne ne répondait, elle fit une nouvelle tentative, puis poussa avec douceur le battant qui s'entrouvrit en grinçant et dévoila un lit vide.

— Que se passe-t-il ? s'étonna-t-elle. Ils l'ont déplacée ?

Elle ressortit, essayant de comprendre la raison de cette absence.

— Venez avec moi, Léon, on va aller demander au bureau des infirmières.

Une sourde inquiétude la gagnait. Dans le couloir, ils croisèrent un interne qui sifflotait, l'air insouciant.

— Madame Germaine Barland ? fit-il en réponse à Fanette et se grattant le menton.

Ses traits s'assombrirent soudain, il changea de visage.

— Vous êtes de la famille ? demanda-t-il.

— Des voisins.

— Alors, vous ne savez pas ? Voilà, madame Barland est décédée il y a une heure environ. Ses enfants ont été prévenus. Vous les retrouverez à la morgue.

Léon reçut un choc. Un moment, il vacilla, s'appuya à un mur. Fanette le cramponna par un bras, refit avec lui le trajet en sens inverse.

Elle se souvenait tant de la morgue ! C'était aussi en février qu'on l'avait prévenue que Jacques était décédé.

Le vieil homme et Fanette s'installèrent dans la 2 CV. La morgue était tout près du CHU, ils eurent tôt fait de s'y rendre. François et Jacqueline s'y trouvaient déjà. Fanette tomba dans les bras de son ami d'enfance et, un long moment, ils restèrent ainsi, sans rien se dire.

— C'est le cœur, il n'a pas tenu, déclara soudain François en desserrant son étreinte.

Il avait les yeux rougis, une mèche de cheveux qui commençait à se teinter de gris tombait sur son sourcil droit comme pour abriter sa peine.

— Au moins, j'espère qu'elle n'aura pas trop souffert.

Le groupe s'approcha de la morte dont un léger pli à la commissure des lèvres illuminait le visage en donnant l'illusion qu'elle souriait.

— C'est ce salaud qui l'a eue. Comme il nous aura tous, autant que nous sommes.

Tout le monde se tourna vers Léon. Il était très pâle, un peu godiche avec à la main sa casquette dont la trace restait incrustée d'une manière indélébile sur le pourtour de la tête.

— Oui, enchaîna Léon, si on l'envoie pas rejoindre son maître en enfer, sûr qu'il nous fera griller à petit feu.

Pendant le retour, assis dans la 2 CV à côté de Fanette, le vieux n'arrêta pas de trembler. Et sa main tremblait encore en actionnant sa clé dans le pêne de la serrure avant qu'il s'enfermât chez lui, dans son atelier, où tout était sens dessus dessous, comme après le passage d'une tornade.

Cédric n'en pouvait plus de ce collège où le principal, les professeurs et les surveillants l'avaient catalogué une fois pour toutes. En classe, dans la cour de récréation, au réfectoire, au dortoir, ce n'étaient que réprimandes, sanctions et menaces de toutes sortes. Quant aux notes, elles étaient au plus bas et sans espoir qu'elles puissent remonter, du moins dans l'immédiat. Dans les tréfonds de son être, il éprouvait cette pulsion chaque jour plus forte, cette envie de faire du mal gratuitement, simplement pour le plaisir de voir souffrir.

— Cédric Batisse, au bureau. Tu es convoqué par le principal.

Le pion semblait satisfait du tour que prenaient les événements et il ressentait à l'évidence une joie intense à la pensée de la punition sévère qui ne manquerait pas de s'abattre sur le fauteur de troubles.

— Je crois que cette fois tu as gagné le cocotier, fit-il à Cédric en l'accompagnant au bureau, un sourire mauvais au coin des lèvres.

Le principal attendait debout, bras croisés, l'air sévère derrière ses lunettes aux verres fumés.

— Très bien, dit-il au surveillant, je vous remercie. Vous pouvez nous laisser maintenant.

Sans réfléchir, par réflexe, Cédric s'empara d'une chaise et s'installa.

— Quelqu'un t'a dit de t'asseoir ? rugit le principal. Lève-toi, s'il te plaît !

Aïe ! l'affaire s'engageait mal. C'est que « le boss », comme l'appelaient familièrement les élèves, n'était pas commode et, en certaines circonstances, ses colères pouvaient être prodigieuses.

— Tu es satisfait de toi, j'imagine ? reprit-il.

Il sortit d'un tiroir de son bureau la feuille d'un devoir que Cédric reconnut immédiatement. C'était la punition donnée l'avant-veille par le pion à la suite d'un chahut au dortoir, qui s'était terminé par une bataille de polochons. C'est vrai que Cédric n'avait pas été le dernier des belligérants. Mais il n'était ni plus ni moins coupable qu'un autre. Bien sûr, dans sa rédaction, il n'aurait pas dû écrire : « Ce collège de merde, ma seule envie, c'est de le voir cramer. » Alors, ce sale surveillant s'était empressé de transmettre la prose à qui de droit. Vous pensez si le boss allait le féliciter ! Surtout avec ses antécédents !

— Cédric Batisse, articula posément le principal, qui le regardait droit dans les yeux ; Cédric Batisse, tu as dépassé ce qu'on n'a que trop longtemps enduré de ta part. Tu reconnais ce devoir, n'est-ce pas ? Eh bien, laisse-moi te dire que, pas plus tard que demain soir, ce « collège de merde », comme tu l'appelles, va se réunir en conseil de discipline pour statuer sur ton sort. Pour ce qui me concerne, j'ai l'intention de prononcer à ton encontre une mesure d'exclusion définitive. Qu'as-tu à dire pour ta défense ?

Rien... Cédric n'avait rien à répondre. De toute façon, il s'en moquait éperdument de toutes ces simagrées qui ne le concernaient pas.

Il ressortit du bureau, assista passivement aux cours de la journée, ne daignant même pas répondre à ses camarades trop curieux qui lui demandaient ce qu'il avait fait comme dernière bêtise. A cinq heures, au moment du goûter des internes, après avoir pris ses deux tartines de confiture et les avoir mangées, il s'isola derrière le mur du gymnase et, adieu sales petits cons, il prit en pointe le chemin de sa liberté.

La nuit était tombée. Le froid de février s'incrustait sous les vêtements. Là-bas, au collège, ça devait être le grand remue-ménage. Sans doute les gendarmes étaient-ils déjà sur le pied de guerre. Peut-être les recherches avaient-elles même commencé.

Cédric s'enfonça davantage dans la forêt. Les feuilles de chênes, mortes depuis l'automne, mais encore accrochées aux branches, craquaient d'une façon sinistre sur son passage. Du plus haut d'une ramure descendit le cri d'une chouette qui le fit sursauter. Il s'arrêta.

Qu'est-ce donc qui l'avait pris de vouloir partir ainsi ? Et pour aller où ? Soudain, oui, il se posa la question : vers quelle destination ses pas le guidaient-ils ? Alors, il comprit que, depuis sa fuite du collège, il avait toujours grimpé. Son but, c'était la montagne, là où la sale engeance humaine ne sévissait pas et où l'on n'avait, face à soi-même, que la nature dans toute sa splendeur et sa pureté primitives. Ces idées

Cédric était imputable à ce diable de Gilbert qui ne pensait qu'à semer le mal autour de lui.

— Ah ! s'il a touché un seul des cheveux du petit ! menaça Léon en agitant son poing dans le vide.

Il s'approcha de la fenêtre et essuya du tranchant de la main la buée sur la vitre.

— Ça y est, la neige s'est arrêtée, constata-t-il.

Alors, son regard se mit à fuir, sautant par-dessus le pont sur la Faye, du côté de la masure de Gilbert Rouchon, que l'on distinguait à peu près bien maintenant que l'averse avait cessé. Dans la cour, deux merles se chamaillaient et redonnèrent de l'ardeur au vieil homme.

— Sûr que s'il a fait ça, ce bougre de salopard, il le payera.

« S'il a fait ça !... » Léon avait cette idée en lui, elle le rongeait depuis tant de jours et tant de nuits. Il en avait complètement perdu le sommeil, imaginant les situations les plus extrêmes, le pauvre Cédric violenté, puis battu à mort et gisant au fond d'un fossé sous plus d'un mètre de neige.

— Nous avons apporté de quoi manger, fit soudain Marielle pour rompre le silence.

Et, d'un emballage, elle sortit une pizza, des pommes chips et un fromage. Le repas se déroula sans beaucoup de paroles. Le feu crépitait dans l'âtre, les bûches de châtaignier claquant parfois d'un coup sec et nerveux comme une détonation. Vers une heure et quart, en treillis, l'adjudant de gendarmerie et l'un de ses adjoints se présentèrent. Non, ils n'avaient pas de nouvelles concernant le garçon. Simplement, et avec un embarras très visible, ils venaient prévenir Fanette qu'étant données les conditions climatiques, ils se voyaient contraints d'abandonner les recherches.

Fanette accusa le coup, s'affala sur une chaise. Ainsi donc, c'était fini, il n'y avait plus d'espoir. Voilà des années, elle avait perdu son mari. Aujourd'hui, c'était le tour de son fils. Elle revenait à la case départ.

Marielle s'approcha, posa une main sur son épaule.

— Tout n'est pas perdu, Fanette, il faut espérer encore.

— Oui, espérer...

Et elle partit d'un grand rire nerveux qui la secoua tout entière, comme un pantin désarticulé. Ses amis s'employèrent à la calmer, et Marielle réussit enfin à la persuader d'aller s'allonger un moment dans sa chambre, où elle sombra bientôt dans un sommeil lourd et agité.

L'après-midi s'écoulait. A la neige avait succédé un temps plus clément. Le soleil osa une timide apparition vers les quatre heures et inonda le tapis blanc d'une multitude de paillettes étincelantes.

Léon voulut aller faire un tour pour se dégourdir les jambes. Au moment où il ouvrait la porte, il n'en crut pas ses yeux. Là-bas, au bout du chemin, de l'autre côté du pont, mettant péniblement un pied devant l'autre, c'était... Cédric !

L'enfant reconnut le vieillard qui venait à sa rencontre et, à cet instant, à bout de forces, il tomba tête la première dans la neige.

Gilbert s'était montré très violent.

— Alors, sale fils à ton père, tu es enfin venu ?

Et les torgnoles s'étaient abattues comme grêle sur le blé. Roué de coups, Cédric s'était recroquevillé, se protégeant du mieux qu'il pouvait. Avant de perdre connaissance, il avait perçu dans sa bouche le lent écoulement un peu tiède de son sang. Au-dessus de sa tête riait le diable, d'un rictus humide.

Et puis, le trou. Le trou noir. Une longue absence. D'un temps indéterminé. Quand il était revenu à lui, un rai ténu de lumière falote filtrait par un interstice de la porte. Il avait froid. Faim et froid. Un peu soif aussi.

Cédric avait regardé autour de lui. Il était seul dans le réduit minuscule du buron. Dehors, le vent s'acharnait, dont il sentait, atténué, le souffle sur sa figure.

Quel jour était-ce ? Le matin ou le soir ? Depuis combien de temps était-il là ? Des images se succédèrent. Il revit sa fuite du collège, son escapade dans les bois, la lente ascension dans la montagne et son arrivée au buron, où il avait trouvé refuge. Il se leva. Aïe ! les courbatures ! Avec difficulté, il se dirigea vers la porte d'entrée que, malgré ses efforts, il ne put ouvrir. Elle avait été verrouillée ; il se trouvait prisonnier.

C'est alors que surgit l'image de Gilbert Rouchon, Gilbert qui l'avait tabassé, qui reviendrait sûrement pour lui faire subir d'autres sévices. Un long frisson le parcourut et il se rencogna dans l'angle opposé à la porte. Sans doute resta-t-il ainsi plusieurs heures, sans oser bouger.

La lumière s'était étendue. Cédric pouvait à présent distinguer un certain nombre d'objets : des bottes de foin, des boîtes de conserve vides, des morceaux de ficelle, une casserole, deux ou trois gobelets en plastique, un vieux numéro jauni de *La Montagne.* Alors, il pensa que son nom apparaîtrait peut-être dans le journal et ferait les gros titres de la une, quelque chose dans le genre : *« Un jeune garçon se sauve de son collège. Jusqu'à présent, les recherches sont demeurées vaines. »*

Puis il songea à sa mère, et quelques larmes affluèrent sur le rebord des paupières. La pauvre ! Dans quel état elle devait être ! Quel souci elle devait se faire ! Il était un mauvais fils de lui procurer ces tourments.

Il se hissa sur la pointe des pieds. Il lui manquait quelques centimètres pour atteindre une ouverture étroite d'où il aurait pu avoir vue sur l'extérieur. Alors, il poussa une botte de foin contre le mur en pierres de granit, grimpa dessus, le temps d'apercevoir des flocons aériens qui planaient sur la montagne.

La porte d'entrée s'ouvrit brusquement.

— Alors, sale gosse, tu pensais peut-être pouvoir t'échapper par ce trou ?

De nouveau, Gilbert éclata d'un grand rire qui résonna ainsi qu'une note aiguë brisant le silence d'une cathédrale.

— Ah ! ah ! ah ! Sacré gamin, va ! Faudrait que tu maigrisses bigrement pour passer par là ! Ah ! ah ! ah ! Ce que tu peux être drôle !

Il redevint soudain sérieux pour dire :

— Quand j'aurai fait de toi de la chair à saucisse, peut-être, remarque bien, que tu pourras y passer par ce trou.

Gilbert s'installa face à Cédric, à deux mètres de lui. Tudieu ! qu'il sentait mauvais ! Le gosse eut un haut-le-cœur, crut un instant qu'il allait vomir, s'appliqua à retenir son souffle. Ça tapait fort dans sa poitrine, des coups presque douloureux qui se répercutaient jusque dans ses oreilles.

— Alors, petit merdeux, tu le trouves confortable, mon buron ?

Les yeux de Gilbert étaient deux billes de jais qui luisaient d'un éclat singulier. Il s'approcha encore et, comme ça, pour le plaisir, lança un coup de pied dans les reins de l'enfant. Puis, en s'écartant, il s'assit en tailleur, déballa par terre le contenu de sa musette et commença de manger un quignon de pain et un morceau de chèvreton.

— Tu as peut-être faim ? finit-il par dire après avoir bu au goulot une rasade de vin rouge. Et peut-être même que t'as soif, aussi ? Mais, tu vois, y a pas assez pour deux. Sinon, tu penses bien, je t'en aurais donné, de ma pitance.

Gilbert s'étira, se leva, rota bruyamment et sortit. Cédric se retrouva seul. Et de nouveau les heures s'égrenèrent. Le vent s'était calmé. Les bruits du dehors parvenaient d'une manière feutrée, et il comprit que la neige s'était installée sur la montagne. Aurait-il, dans ces conditions, une chance, une seule, de sortir de ce guêpier ?

Il se précipita vers la porte d'entrée qu'il secoua avec l'énergie du désespoir. Mais elle résistait de toute sa masse. Alors, il s'y adossa et pleura comme un pauvre gosse qu'il était.

Le battant fut poussé violemment, et Gilbert revint, un litron sous chaque bras.

— Tu chiales ? fit-il dans un éclat de rire. Eh bien, t'as raison ; comme ça, tu pisseras moins.

Il paraissait ivre. Ses yeux brillaient plus encore que d'habitude. Tout à coup, sa fureur se déchaîna, il s'empara d'une botte de foin, la souleva à bout de bras et la projeta contre un mur.

— Saloperie de saloperie de chienne de vie ! hurla-t-il.

Un liquide blanc coulait de sa bouche, allait se perdre dans les poils drus de sa barbe. Soudain, il regarda Cédric qui se faisait tout petit dans son coin. Un sourire se dessina sur ses lèvres, et il resta ainsi, dans sa contemplation immobile, des secondes d'éternité. Alors, il avança vers l'enfant en tendant les mains, l'agrippa par le cou et serra, serra...

Cédric sentait ses forces décliner. Recherchant l'air, il ouvrait grand la bouche. Un instant, il eut la tentation d'appeler sa mère. Maman ! Maman ! Son cri resta en suspens. Ses oreilles bourdonnaient. La fin... C'était la fin...

Et puis, l'étau se desserra. Gilbert hurla comme un loup, tomba à la renverse, les yeux révulsés. Quelque temps encore, ses membres furent agités de mouvements désordonnés qui le soulevaient comme l'eussent fait des décharges électriques.

Le gosse se massa le cou, laissa s'apaiser une quinte de toux, eut un regard pour son geôlier qui gisait à présent sur le sol en un sommeil calme que rythmait sa respiration régulière. Cédric se releva, ramassa par terre un croûton de pain tombé de la poche de ce fou furieux et, sans plus réfléchir, se retrouva dehors sous la neige.

Il dévalait de la montagne depuis des heures et des heures. La tempête s'était calmée, mais quelques gros duvets planaient encore, poussés par la bise des sommets. Il sortit de son parka le morceau de pain, le mastiqua lentement, puis laissa fondre dans sa bouche une poignée de neige pour calmer le feu de sa gorge.

Il avait maintenant dépassé le domaine des conifères. Il entra dans une forêt de chênes rouvres et fut surpris que l'obscurité tombât si vite. Avant la nuit, il lui faudrait trouver un refuge.

Il aperçut une vieille cabane en bois au moment où une nouvelle chute de neige bouchait le paysage. La Providence était avec lui, puisque cette averse effacerait ses traces et empêcherait l'autre dément de le rejoindre. Une fois à l'intérieur, Cédric se barricada avec des planches de toutes dimensions qu'il plaça en travers de la porte à hauteur d'homme. Voilà, il était seul. Seul avec sa peur et avec sa fièvre. Il les sentait arriver comme une houle qui le transperçait. Pourtant, il avait froid et grelottait.

L'obscurité était totale. Pelotonné dans un coin de la cabane, Cédric ouvrait grands ses yeux, et les images de Gilbert, le démon de la montagne qui avait voulu le tuer, revenaient sans cesse, transformées, amplifiées par la fièvre. Il fit quelques sommes, se réveilla vingt fois en sursaut, persuadé que l'autre était revenu et se tenait là, à ses côtés, prêt de nouveau à lui tordre le cou.

Oh ! oui, tous ses jours, il reverrait la crise qui avait terrassé Gilbert. Elle lui avait sauvé la vie, cette crise, mais pour combien de temps ?

Une fois de plus, il pensa à sa mère et l'imagina éplorée, à l'attendre en bas, dans la vallée, à l'écoute du moindre bruit qui lui annoncerait peut-être le retour de son fils. Des larmes coulèrent et il songea que, ces derniers temps, il avait été plutôt méchant envers son entourage. Faire le mal : voilà le seul souci qui avait guidé chacun de ses actes au cours des jours passés. Et pourquoi ? Il pensait à une force intérieure impérieuse qui lui avait soufflé de vilaines choses et contre laquelle il n'avait pu lutter. Oh ! mais ce serait bien fini maintenant et, s'il s'en sortait, il prendrait de nouvelles résolutions. S'il s'en sortait...

Une quinte de toux le laissa complètement anéanti, et il sombra dans les ténèbres. Quand il se réveilla, il faisait jour. Se lever. Il lui fallait se mettre debout, s'appuyer sur ses jambes, les déplier, les déplier... Dieu ! que ça tournait ! Et tout ce chemin qui lui restait à faire pour rentrer chez lui ! Jamais il n'en aurait la force. Péniblement, il s'adossa à la cloison et, par une ouverture, jeta un œil dehors. La neige tombait encore à gros flocons et ne semblait pas vouloir cesser de sitôt.

Alors, il prit la résolution d'attendre. De toute manière, il aurait été parfaitement aléatoire de se risquer sur les chemins par un temps pareil. Et puis, sa fièvre le tenaillait. Là, dans cette cabane, au moins il était à l'abri. Certes, il n'avait rien à manger et son estomac commençait à crier famine. Il essaya de trouver un peu de répit dans le sommeil.

Elles continuèrent de filer, ces heures. L'obscurité revint. Avec la plongée dans la nuit, Cédric se mit à grelotter et les cauchemars affluèrent, des monstres hideux au corps velu, aux pattes griffues, et qui avaient tous la tête et les yeux — surtout les yeux ! — de Gilbert Rouchon. Plus de dix fois, il se réveilla en criant, une sueur froide lui dégoulinant dans le dos. Enfin, les lueurs du matin chassèrent ces images de l'enfer, et, quoi qu'il lui en coutât, il décida qu'il ne resterait pas une minute de plus en ce lieu. Il enfila son parka, rabattit le capuchon et entama la descente.

Chacun de ses pas représentait un prodigieux effort, car il s'enfonçait jusqu'à mi-mollet dans la couche épaisse. A plusieurs reprises, il chuta, mourant d'envie de rester là, le nez collé sur le tapis blanc, mais il se relevait tout de même et repartait de plus belle par un ultime sursaut de volonté.

Vers le milieu de la journée, Cédric aperçut enfin les toitures d'un village. Une cheminée fumait. Méfiant, il s'avança avec d'infinies précautions. Et si, encore une fois, ce diable de Gilbert lui jouait un tour à sa façon et l'attendait là, assis bien au chaud dans la masure ?

Il colla son museau contre une vitre sale, historiée de générations de toiles d'araignées. La faim et la soif le taraudaient. Il aurait fait n'importe quoi pour un morceau de pain. Alors, au culot, il frappa à la porte.

— Qu'est-ce que c'est ? fit une voix à l'intérieur.

— S'il vous plaît, ouvrez-moi, dit Cédric.

Il entendit des pas traînards qui raclaient le plancher. La porte s'entrebâilla et une vieille édentée et moustachue le dévisagea avec suspicion.

— Qu'est-ce que tu veux ? demanda-t-elle sèchement.

— Je me suis perdu, avoua-t-il. Et puis, aussi, j'ai faim.

La vieille avait un air revêche. Elle tenait dans sa main droite un balai, et Cédric crut un instant qu'elle allait lui en assener un coup pour le chasser de chez elle.

— Hum ! se décida-t-elle enfin. Allez, rentre, mais ne t'avise pas à venir me voler, car tu feras connaissance avec le manche que voici !

Elle posa sur la table un bol qu'elle remplit de lait, avança vers lui un pot de confiture et lui coupa du pain.

— Ma foi, c'est vrai que t'as faim ! fit-elle. Ma parole, t'as pas mangé de huit jours à ce qu'on dirait !

Elle continuait de le regarder. La méfiance, pourtant, semblait l'avoir quittée, et elle s'installa face à lui, les coudes écartés sur la table.

— Alors, comme ça, tu t'es perdu ?

Cédric fit oui de la tête. Une idée, soudain, le traversa :

— On est loin de La Ripaudie, ici ? demanda-t-il, après avoir pris le temps de finir son bol de lait.

— La Ripaudie, c'est juste derrière. Tu prends la route d'Ambert, là, à trois ou quatre cents mètres, et c'est à main droite, et puis, toujours tout droit après. Tu peux pas te tromper.

— Merci, madame.

Cédric se leva d'un bond et, en un rien de temps, se retrouva sur le chemin. Ainsi donc, au cours de sa descente, il n'avait pas trop dévié et il ne devait pas être à plus de quatre ou cinq kilomètres de son village. Comme le lui avait dit la vieille, il arriva rapidement au carrefour de la route d'Ambert, qu'il longea pendant une bonne demi-heure avant de finir par apercevoir le clocher pointu de La Ripaudie. A partir de là, il était en pays connu.

L'averse, pourtant, avait redoublé d'intensité, dégringolant d'un plafond bas qui finissait par se confondre avec la terre. Bientôt, il ne distingua plus à dix pas devant lui. La route. Suivre la route dont le bitume était recouvert d'une sacrée épaisseur de neige et sur lequel pas une voiture ne semblait avoir voulu se risquer. Il courba le dos, continua d'avancer. Il arriva à un sommet de côte où se dressait une croix en fer rouillé. Le gosse eut un regard pour le Christ crucifié qui penchait la tête sur le côté, comme accablé par les intempéries.

La tourmente battait son plein. Cédric percevait une sorte d'engourdissement qui le gagnait depuis les membres inférieurs. D'ailleurs, il ne sentait déjà plus ses pieds. Ses poumons, en revanche, étaient une boule de feu.

L'univers entier, sans aucun doute, avait décidé de se déverser sur lui, et Gilbert n'était peut-être pas étranger à la furie des éléments. La démence du diable. Oui, c'était cela, Rouchon n'avait pu réussir à l'étrangler ; alors, il se vengeait d'une autre manière, plus lente, plus pernicieuse aussi.

Une bourrasque soudaine sembla immobiliser l'enfant qui reçut en pleine face une mitraille de billes dures. Il repartit encore, marcha sur un terrain en légère montée. Non, ça n'était pas possible, il ne devait pas être loin d'Espinasse ! Mentalement, il refit la route qu'il prenait régulièrement en voiture avec sa mère lorsqu'elle le conduisait au collège le lundi matin et le ramenait à la maison le vendredi soir.

Mais, sous la neige, allez donc reconnaître quelque chose !

A plusieurs reprises, il crut avoir atteint le chemin de son village. Et pourtant, il avait beau enlever la neige sur le panneau indicateur, jamais le nom d'Espinasse n'apparaissait. *« La Bourboulhouse », « Le Mas », « Les Chelles », « La Domaye » :* quel tissu de hameaux disséminés dans la campagne ! Il y avait de quoi s'y perdre ! D'ailleurs, à un moment, il crut qu'il s'était définitivement perdu, et l'envie de se coucher, comme ça, dans un fossé, une fois encore vint l'assaillir. Et puis, non ! Gilbert Rouchon aurait été trop heureux. Il fallait lutter. Et pour sa mère aussi, il n'avait pas le droit d'abdiquer sans être allé au bout, à l'extrême bout de ses forces. Il marcha encore un long moment. Mais la notion de temps avait-elle un sens dans ce désert glacé ?

Soudain, la neige cessa sa descente obstinée. Le plafond nuageux sembla se relever et Cédric put entrevoir le disque pâle du soleil. La route s'ouvrit, il reconnaissait des paysages. Là, ce bois de mélèzes ; et là aussi, ces noisetiers. Plus loin, la minicentrale électrique qui bourdonnait, en toutes saisons, comme un essaim de guêpes. Oui, c'était sûr à présent, le carrefour où s'embranchait le chemin du village était presque à portée de fusil. Il arrivait au bout de son calvaire.

Il était temps. Quand, enfin, il put lire sur le panneau *« Espinasse 1,5 km »,* il s'accorda une pause et s'adossa au tronc d'un châtaignier. Il avait de plus en plus de mal à respirer. C'était comme si une source d'eau chaude bouillonnait à l'intérieur de ses bronches en émettant un gargouillis continu. Soudain, il fut plié par une quinte et vomit le repas frugal que lui avait servi la vieille. Un long moment, il resta accroupi à tenter de retrouver son souffle. Sa vue se brouillait, ses oreilles répercutaient les coups de boutoir accélérés de son cœur. Bon sang de bon sang ! Il n'allait tout de même pas finir ici, à deux pas de chez lui, alors qu'il avait fait toute cette route ! Allez, courage, Cédric ! Il repartit. Mètre après mètre, ses pieds s'enlisant dans la neige lourde, il arriva enfin aux premières maisons. Voilà, sur sa gauche, c'était la maison de la Germaine. En face, prise par les glaces, la mare était recouverte d'une épaisse pellicule blanche. Et puis, plus loin, la maison en ruine de ses grands-parents maternels. La vue de l'antre de Gilbert Rouchon le traversa d'une onde froide. Vite. Aller plus vite. Le pont sur la Faye était en vue. L'atteindre. Passer de l'autre côté. Il n'en pouvait plus. Sa maison était si près, pourtant !

Là-bas, dans la cour, une silhouette un peu voûtée. Mais oui, c'était Léon, son ami Léon, le sabotier. Et Léon l'avait vu sans doute et accourait vers lui. Sauvé ! Il était sauvé !

Exténué, Cédric put enfin se laisser tomber dans la neige et fermer les yeux.

XVII

A certains signes à peine perceptibles, on sentait que le printemps voulait grignoter l'hiver. C'étaient, dans un pré gorgé d'eau et où persistaient des plaques éparses de neige, deux merles qui sifflaient d'une drôle de façon. Sur un talus bien exposé, les premières violettes hissaient leurs minuscules têtes odorantes, qu'un souffle balançait, et, là-haut dans les airs, des corbeaux rejoignaient les nids qu'ils bâtissaient en transportant dans leurs becs de longues brindilles. Le soleil aussi était plus présent et paressait un moment avant d'éclabousser d'une pluie rouge l'occident. Ses braises étaient lentes à s'éteindre avant que la nuit déposât son manteau d'ombre sur la montagne. Et puis, les matins revenaient, brillants de rosée ou de givre, et c'était un nouveau pas vers une saison moins ingrate.

Ce dimanche-là, aux alentours de midi, Cédric faisait sa première sortie dans la cour. Il était faible encore, avait peine à se tenir debout trop longtemps. A sa droite, Fanette avait passé un bras autour des épaules de son fils et accompagnait sa marche.

— Tu n'as pas froid, au moins ?

Elle paraissait inquiète. Cédric la rassura. Non, il était bien, il se sentait revivre après sa longue traversée dans ce tunnel dont il avait cru ne jamais voir la sortie.

Fanette pointa un index en direction du pré, en contrebas de la Faye.

— Cédric, tu as vu, là-bas ? Regarde, les premiers coucous ont fleuri.

Les clochettes jaunes des primevères mouchetaient l'herbe, et les yeux du gosse s'y attardèrent un moment avant de se reporter sur le pont de pierres et le chemin.

— Voilà Léon, fit-il.

En clopinant, le vieux avançait en effet vers eux. Il s'arrêta, presque surpris de voir Cédric dehors, leva haut son bâton pour le saluer.

— Ça y est, t'es sorti ? cria-t-il. C'est que tu vas mieux, alors ?

Son visage s'illumina d'un large sourire, et, maladroitement, il tendit sa main calleuse au gosse qui s'empressa de la serrer.

Léon se tourna vers Fanette :

— C'est peut-être pas très prudent de le laisser au grand air, comme ça.

— Mais non, Léon, vous voyez qu'il est bien couvert.

Ah ! ce retour de Cédric dans les bras du vieux sabotier, Fanette le reverrait toute sa vie ! Sa copine Marielle s'était immédiatement rendue à la maison de Germaine, où il y avait le seul téléphone du village. Et puis, la longue attente, et le médecin de Chantelauze qui avait dû chausser ses skis de fond pour arriver. Pneumonie, avait diagnostiqué le praticien. Il fallait agir vite. Piqûre, perfusion, remèdes de cheval. Quant à l'hospitalisation, elle se serait avérée bien nécessaire, mais il n'était pas la peine d'en parler, jamais une ambulance n'aurait pu transporter le malade dans ces conditions climatiques. Le médecin était revenu tous les jours pendant une semaine. Il avait le visage fermé en auscultant Cédric, puis s'attardait longuement auprès de lui en gardant la main de l'enfant dans la sienne. Un mieux était enfin apparu. Ça y était, le gosse était tiré d'affaire. Il garda le lit une bonne quinzaine encore, finit par se lever et rester de plus en plus longtemps sur ses jambes.

Fanette avait réussi à faire parler son fils. Celui-ci avait prononcé plusieurs fois le nom de Gilbert au cours de ses délires. Alors, bien sûr, elle avait fini par comprendre que son satanique voisin était bien impliqué dans la disparition de l'enfant. Mais ce qu'il lui avait avoué, encore tremblant de peur, dépassait l'entendement. Non, il n'était pas possible qu'on fût dérangé du cerveau de la sorte !

Mis dans la confidence, Léon avait serré les poings. Ah ! le fichu salaud ! Oser s'en prendre à un gamin ! Faire subir de telles épreuves à un pauvre gosse ! Quelle lâcheté ! De nouveau seul, le sabotier répétait : « Je le tuerai ! Sûr que je le tuerai ! »

— Allez, mon Cédric, on va rentrer, dit Fanette en sentant sur sa peau la fraîcheur soudaine de la bise de mars.

— Déjà ! dit-il.

— Oui, il ne faut pas tenter le diable.

Et, aussitôt, elle se rendit compte de la portée de ses paroles et frissonna en tournant la tête du côté de la maison délabrée de Gilbert. Au premier étage, un volet battait au rythme du vent contre le mur. Rouchon n'avait pas été vu chez lui depuis des semaines.

Léon, à son tour, regarda la masure.

— J'espère qu'un jour il reviendra, fit-il dans sa barbe.

Et, encore plus bas :

— De toute façon, il faudra qu'il paye. Lui et sa mère ont fait trop de misères au pauvre monde. Il faudra qu'il paye.

Après avoir pris son premier bol d'air depuis bien longtemps, Cédric rentra chez lui en précédant sa mère. Resté dehors, le sabotier ne détachait pas ses yeux de la montagne du Béal où il savait que se terrait un renard.

Son fils allant mieux de jour en jour, Fanette avait repris son travail à l'élevage de volailles. Ce matin, le principal du collège de Chantelauze avait accepté de réintégrer Cédric dans son établissement. Allons, vu les événements récents, il voulait bien passer l'éponge. Son élève avait des circonstances atténuantes ; on oubliait tout et on repartait à zéro.

Après avoir déposé Cédric au collège, Fanette remonta dans sa 2 CV et roula vers la propriété des Gouttebel. Ce lundi était ensoleillé, l'air était transparent. La vitre entrouverte de la voiture laissa passer les deux notes têtues, sans cesse répétées, d'un coucou qui devait s'être accaparé le nid d'un congénère. Eclaboussées de lumière, les jeunes pousses d'un vert tendre bruissaient de plaisir sous la force de leur sève nouvelle.

Fanette avait mis un bras à la portière, ne conduisait que d'une main. Elle aussi, ce matin, éprouvait comme une enivrante joie de vivre, et elle aspirait à pleins poumons les effluves de la nature, se grisait d'air et de soleil. Cédric était guéri ; elle n'avait plus de souci à se faire pour sa santé. Le médecin de Chantelauze s'en était porté garant.

Elle arriva bientôt en vue du bâtiment d'élevage, gara la 2 CV à proximité, se dirigea vers l'entrée. René Gouttebel était là, près de la porte d'accès, et l'attendait.

— Bonjour, dit-il sèchement.

Son visage était dur. Un tic nerveux déformait un coin de sa bouche et ses yeux brillaient d'une lueur étrange.

— J'ai à vous parler, reprit-il en évitant le regard de Fanette.

Elle le suivit à son bureau, situé au rez-de-chaussée de la maison d'habitation. Gouttebel se laissa tomber plus qu'il ne s'assit dans son fauteuil en cuir qui se plaignit en soufflant.

— Voilà, dit-il, je ne peux plus vous garder à la propriété. C'est décidé, je vends tout et je laisse tomber l'agriculture. On vient prendre livraison de mes poulets demain matin. Après, terminé.

Il congédia soudain Fanette en disant, presque avec violence :

— Allez, adieu. Je vous autorise à aller voir Régine, elle doit vous attendre et vous expliquera tout.

Fanette trouva en effet la patronne dans sa cuisine. Elle n'était pas maquillée ce matin. Encore en robe de chambre, pas peignée, la mine défaite, elle n'avait rien de la femme aguichante qu'elle avait toujours voulu être.

— Qu'est-ce qui se passe ? dit Fanette.

— Ce qui se passe ? Oh ! pas grand chose, à vrai dire... Sauf que mon mari m'a surprise au lit avec Manuel. Alors, il a foutu Manuel à la porte, et voilà, il vend tout.

— Mais alors...

— Eh oui, ma pauvre Fanette, je sais, tu fais les frais de l'opération. Mais qu'est-ce que tu veux, le René, il est pas content du tout d'avoir appris qu'il était cocu.

Elle s'efforça de rire, mais ça sonnait faux, et elle retrouva vite son air de lassitude.

— Allez, ma grande, je te paye un café. Et sans rancune, hein ?

Fanette s'engagea sur le chemin du retour. Elle ressentait un grand vide en elle, comme une espèce de manque qu'il lui serait difficile de combler. Le printemps d'avril avait beau déployer ses attraits, rien n'était plus pareil. Le chèque de quelques milliers de francs, que lui avait fait passer Gouttebel par sa femme, ne pourrait chasser ses idées noires.

Elle sortit de Chantelauze, prit la direction de La Ripaudie, dont elle pouvait voir déjà les toits de tuiles rouges serrés autour de leur clocher. La 2 CV était plutôt poussive, avait quelque peine à grimper les raidillons. A un moment, elle fut contrainte d'enclencher la première. Le moteur toussa, les engrenages se plaignirent, l'habitacle fut secoué, et, en plus, elle se fit insulter par un automobiliste râleur qui, en la dépassant, leva vers elle un poing expressif.

— Un Parisien ! fit-elle. Tous des pressés, ceux-là !

La route passait au milieu d'une récente plantation de pins douglas et d'épicéas. Au détour d'un virage, elle ne prêta pas attention, tout d'abord, à une silhouette qui se fondait dans le sous-bois. Et puis, alors que Fanette se rapprochait d'elle, la forme noire bougea, grimpa sur un talus et attendit que la 2 CV passât à sa hauteur. Le sang de Fanette se figea. Non, ça n'était pas Dieu possible ! Le diable était encore revenu ! Il ne lui suffisait pas d'avoir voulu tuer le fils, il s'acharnait à présent sur la mère !

Elle enfonça l'accélérateur au plancher. Mais cette cochonnerie de voiture ne voulait donc pas avancer ! Rouchon sauta du talus, se retrouva sur la route. Par réflexe, Fanette freina et le véhicule s'immobilisa sur le bas-côté. Horrifiée, elle vit Gilbert se pencher à la portière droite, lui sourire et s'installer sans façon à côté d'elle.

— Allez, démarre.

L'odeur du bouc avait envahi en trois secondes l'habitacle. Fanette avait envie de vomir et restait, sans bouger, les mains sur le volant.

— Démarre, je te dis !

Elle fut bien contrainte de s'exécuter. Alors qu'elle conduisait, regardant droit devant elle, elle devinait Gilbert qui la mangeait des yeux. Son désir devait monter ; bientôt, peut-être, il n'en serait plus le maître.

— Tourne à droite. Là, tout de suite.

La voiture s'engagea dans un chemin de terre caffi d'ornières, où croupissaient encore des flaques. A la corne d'un bois de chênes, Gilbert ordonna à Fanette de s'arrêter. Son regard d'acier la transperça.

— Viens sur moi, dit-il.

Cette attirance ! Et cette répulsion, en même temps ! Elle sentit le membre dur de l'homme, éprouva à son tour un émoi. Il avait la peau rugueuse comme une vieille écorce et soupirait fort, alors qu'un son rauque sortait de sa gorge en même temps que ses relents de bouc.

Elle ferma les yeux. Une bête immonde lui arrachait son chemisier, s'acharnait sur la jupe, lui ouvrait de force les jambes en se contorsionnant pour trouver sa place dans son nid. Avec rage, Gilbert renversa Fanette, dont la nuque heurta la barre métallique du siège. Elle distingua quelques étoiles qui dansaient, puis elle perdit connaissance.

Allongée sur la mousse près d'une roue de la 2 CV, elle retrouva ses esprits, se redressa sur les coudes, regarda autour d'elle. Au faîte d'un grand chêne, un rouge-gorge poussait la chansonnette et paraissait se moquer de sa déveine tandis qu'un essaim de mouches bourdonnait autour d'elle.

En s'appuyant à la carrosserie, Fanette se mit debout et resta un instant penchée sur le capot. Elle sentit soudain couler le long d'une jambe la semence de l'homme. Alors, un profond dégoût entra en elle, et elle vomit toutes ses misères et ses impuretés, là, sur la mousse et les brindilles, et elle crut qu'elle ne se relèverait jamais.

Elle s'installa pourtant derrière le volant. Une sorte de brouillard épais rampait sournoisement devant ses yeux. Elle enclencha la marche arrière pour faire demi-tour ; le coffre de la 2 CV heurta de plein fouet le tronc d'un arbre. Après deux ou trois manœuvres, elle se sortit tout de même de ce mauvais pas et retrouva la route goudronnée où elle conduisit au jugé, et plus souvent à gauche qu'à droite.

Enfin, le chemin d'Espinasse apparut au travers de ses brumes. Elle s'y engagea hardiment, sans même ralentir. En face de chez elle, Léon coupait de basses branches au tilleul de la cour de l'école.

— Léon ! cria-t-elle.

Le vieux n'eut pas besoin d'explications pour comprendre. La puanteur ! La puanteur du bouc ! Il était revenu, ce salaud ! Ah ! mais, cette fois, il allait mettre un terme, lui, Léon, aux agissements de ce Rouchon maléfique !

Il resta longtemps en compagnie de Fanette. Tout à coup, elle s'était entièrement dévêtue dans sa cuisine, balançant rageusement ses habits aux quatre coins de la pièce, comme s'ils l'avaient blessée dans sa chair.

— Allez me jeter tout ça, Léon.

Le vieux sabotier se trouvait plus que gêné devant cette nudité. Aussi, en regardant ailleurs, il prit les vêtements qu'il entassa et roula contre lui, puis sortit dans la cour, craqua une allumette. La fumée noire était âcre. Elle avait comme une hésitation à s'élever du sol. Des matières consumées voletèrent un moment, aériennes, puis allèrent se perdre dans le chemin. Alors, presque à regret, Léon obliqua vers sa maison en baissant la tête.

Fanette avait rempli d'eau une bassine. Et elle se lavait, frottait son corps à en avoir mal, à faire rosir sa peau. Mais elle avait beau s'étriller jusqu'au sang, rien n'y faisait : cette sale odeur, cette puanteur de Gilbert avait imprégné chacune de ses cellules. Elle s'aspergea d'eau de toilette, consacra plus de la moitié du flacon à cette opération. Allons ! cela devait se passer dans sa tête ! L'odeur, elle l'avait en elle, pas sur elle, et tous les parfums du monde n'y feraient rien ! Résignée, elle passa dans sa chambre et se rhabilla avec des affaires propres qui fleuraient bon la lessive.

Ce chien ! Il l'avait possédée, avait joui en elle alors qu'elle était inconsciente. Mais l'était-elle vraiment ? Elle enragea de constater qu'elle avait pu éprouver du plaisir tandis qu'il la violentait. Mais non, ça n'était pas possible, il ne pouvait y avoir une explication sensée à tout cela !

Alors, elle repensa à Régine et aux misères de la chair. A quoi donc pouvait mener un bref instant de jouissance ? En attendant, elle n'avait plus de travail, Fanette ! Et ça, c'était moins drôle ! Sans compter qu'elle aurait le temps, désormais, de ruminer tout ça dans sa pauvre tête ! Pour s'occuper et penser à autre chose, elle décida de laver sa cuisine à grande eau. Et puis, peut-être tout ce nettoyage finirait-il par chasser l'odeur du bouc ignoble.

Depuis une demi-heure environ, elle se livrait à cette occupation quand, jetant un œil par la porte grande ouverte, elle aperçut Léon qui sortait de chez lui. Il traversa le chemin, dirigea ses pas du côté de la masure de Gilbert Rouchon. Que portait-il en bandoulière sur l’épaule droite ? Un fusil... Oui, c’était un fusil de chasse !

— Léon ! Oh ! Léon ! Qu’est-ce que vous faites ?

Le vieux eut un geste de la main, comme pour signifier de lui foutre la paix, entra par la porte de la grange où il disparut.

Gilbert savourait sa satisfaction d’être enfin resté en elle. Oh ! pas longtemps, pour sûr. Et puis, elle était tombée dans les pommes, la Fanette, après s’être heurtée la nuque à la barre métallique du siège. Il avait cru un moment faire l’amour à une morte. Au diable ! Il l’avait eue, et cela seul comptait !

La forêt était bruissante de tous les cris du printemps. Gilbert s’affala sur la mousse et se plongea dans la contemplation des grands arbres. Les frondaisons toutes neuves bruissaient tranquillement en laissant passer des rais de lumière, et il se trouvait bien, ainsi, à ne rien faire que rêver.

Ah ! cette Fanette ! Il la revit, petite fille, quand elle partait garder ses vaches. Elle était bien déjà sacrément délurée, cette gamine qui le mettait dans tous ses états. Et puis, il y avait eu le jour des noces de François Barland, mais ça, ça n’était pas forcément un bon souvenir.

Gilbert éclata d’un grand rire. Il l’avait eue, cette garce ! Et il l’aurait encore. Quand il le voudrait, il l’aurait, et il était certain qu’elle ne demanderait que ça. D’ailleurs, il n’avait que trop attendu, tout seul dans son buron de la montagne. Oui, son sale gosse lui avait échappé. Et c’était sans doute de sa faute, il n’aurait pas dû boire autant ce jour-là. Mais, baste, ce Cédric, qui ressemblait si fort à son père, il le retrouverait bien un jour ou l'autre. En attendant, c'est la Fanette qui l'intéressait, et il se sentait de taille à lui faire l'amour des semaines entières sans s'arrêter.

Il se releva, urina contre un arbre en sifflotant et décida qu'à compter de ce jour il ne quitterait plus sa vieille bicoque au village.

Ah ! oui, dorénavant, il se paierait du bon temps ! se dit-il en reprenant la route d'Espinasse.

XVIII

— Ne faites pas ça, Léon !

Le vieux avait de la démence dans le regard. Elle coulait du plus profond de lui, telle une lave incandescente. Il se tourna vers Fanette, un instant parut ne pas la reconnaître.

— Léon, soyez raisonnable, reprit-elle. Vous n'allez tout de même pas vous transformer en assassin, ça n'en vaut pas la peine ! Donnez-moi ce fusil.

— Non ! répondit-il sèchement. L'autre fou a failli tuer le petit déjà, et aujourd'hui, il t'a...

Il baissa les yeux, n'acheva pas sa phrase. Ses mâchoires serrées saillissaient, faisaient ressortir plus encore les traits anguleux de son visage. Enfin, il lâcha :

— Sa mère, cette vieille folle de Gilberte, m'avait jeté un sort. C'est à cause d'elle si l'Antonine elle est partie. Mais lui, le fils, il est pire encore. Quand le ver est dans le fruit...

Il ferma les poings, resta planté ainsi au milieu de la grange.

— Allez, venez avec moi, Léon.

Elle le prit par le bras, réussit à le traîner dehors. Il résista encore un moment, et puis, comme un enfant docile, il emboîta le pas de la jeune femme.

Le soleil tombait au-dessus des collines boisées. Tout à coup, un vent venu du nord dégringola le long de la rivière. Il miaulait méchamment et giflait les feuillages tendres, butait parfois sur un rocher et sortait ses griffes qui déchiraient le silence du crépuscule.

— Ça va geler cette nuit, fit Léon.

Du parapet, le vieux se pencha sur la Faye, observa un moment cette onde noire et froide issue des hauteurs du Béal.

— Le vent et l'eau annoncent le feu du diable, reprit-il sourdement. Il viendra tout à l'heure. Sûr, il viendra, et moi, je l'attendrai.

Fanette frissonna. Il y avait une telle résolution dans l'attitude de Léon.

— Arrêtez donc de dire des sornettes, à la fin ! Allez, je retourne à la maison. Je vous offre la soupe, si vous voulez.

— Non, merci, je rentre chez moi.

Alors, il fit demi-tour et, en courbant l'échine, s'éloigna.

Le vent rageur sifflait plus fort encore. Derrière les vitres de son atelier, Léon regardait les vieilles feuilles mortes de l'année passée tourbillonner en une danse folle. Il se sentait las, aurait voulu dormir, ne plus penser. Mais, ce soir, rien n'était pareil. Son passé, et tout le fiel des années noires, ses veillées de solitude après l'abandon de sa femme, tout, oui, tout resurgissait en vrac, tombait par terre ainsi que d'un panier percé, et ça lui faisait mal dans le creux de la poitrine, ça l'enserrait tout doucement, comme une clé à molette qui referme ses mâchoires.

Il dirigea le regard vers son fusil de chasse posé contre le chambranle de la porte. La chasse... Il n'y était pas allé cinq fois dans le courant de sa vie. C'est l'Antonine, de suite après guerre, qui le lui avait offert, ce fusil de la manufacture d'armes de Saint-Etienne. « Ça te sortira de la maison », qu'elle disait. Tu parles ! N'empêche qu'il le conservait à présent comme une relique, ce seul cadeau que sa femme lui eût jamais fait de leur courte vie commune.

Léon se leva, s'empara du fusil, vérifia que les deux cartouches s'y trouvaient bien, referma la culasse. Une douleur aiguë lui traversa soudain la poitrine. Il se rassit près de la fenêtre en respirant fort. Dieu ! que ça faisait mal !

— J'ai un « infractus », articula-t-il sourdement.

Pour sûr, il n'était pas médecin, mais nul besoin de l'être pour comprendre ce qu'il en était, et il avait déjà lu dans des livres les symptômes de l'infarctus du myocarde.

Il essuya la sueur qui dégoulinait de son front, déboutonna son col de chemise. La douleur s'atténuait, puis revenait soudain, comme une piqûre d'aiguille, une flèche qu'on lui aurait décochée dans le cœur. Cinq minutes s'écoulèrent ainsi, avec des hauts et des bas. La nuit allait s'étendre sur le village qui se fondait peu à peu dans le noir.

C'est l'instant que choisit Gilbert pour se montrer. Léon le vit approcher dans les limites du rectangle de sa fenêtre. Il marchait vite. Semblant pressé d'arriver, il n'eut pas un regard pour sa vieille demeure. Bientôt, il traversa le pont sur la Faye et obliqua à droite, vers chez la Fanette.

Le fusil, vite ! Léon voulut se lever. Une fulgurance dans la poitrine le cloua sur place, et il tomba à la renverse, le canon de l'arme fermement cramponné dans sa main droite. Le monde chavira, ce fut le trou noir.

Un crapaud en mal d'amour coassait dans le creux d'un mur.

Gilbert avança la main vers la poignée de la porte. Un long moment, il resta sans bouger. Les coups de cognée de son cœur emballé lui faisaient mal à l'intérieur de la tête. Et puis, il se décida, poussa le battant, se trouva nez à nez avec Fanette qui dressait le couvert pour le repas du soir.

— Tu peux mettre une autre assiette, dit-il en riant. Tu vois, je me sens un appétit féroce, je dévorerais la terre entière.

Fanette prit appui sur la table. Non, ça n'était pas pensable, l'autre fou était chez elle ! Elle recula, s'adossa au mur près de l'âtre et, instinctivement, plaqua ses mains sur sa poitrine.

— Allons, ma belle, reprends tes esprits. Tu vois, je suis venu pour passer un bon moment avec toi, rien d'autre.

Le rire de Gilbert sonna dans la pièce, l'occupa tout entière. Il tira une chaise, s'assit lourdement, comme un homme fatigué après une marche forcée.

— Par Satan ! ça fait du bien de se retrouver chez soi après si longtemps !

Son visage s'assombrit soudain.

— Alors, nom de Dieu, tu me la mets, cette assiette ?

Il n'avait plus du tout envie de rire. Poursuivie par son regard de braise, Fanette sortit les couverts du buffet et les disposa sur la table. La soupe de légumes embaumait la pièce. Gilbert en soupira d'aise et s'étira sur sa chaise.

Il lapait le liquide avec grand bruit, mastiquait lentement, après les avoir refroidis de son souffle, les choux et les patates qui fumaient. Enfin, quand il eut terminé, il émit un grand rot et dévisagea Fanette.

— Viens donc t'asseoir sur mes genoux, ordonna-t-il.

Fanette recula, s'entrava sur un banc, faillit se retrouver par terre. Son cœur cognait à toute vitesse, presque douloureusement. Fuir. Elle avait envie de courir vers cette porte, s'y engouffrer, retrouver l'air pur, oublier les relents de ce vieux bouc qui la dévisageait avec gourmandise, comme si elle avait été une sucrerie.

— Je t'ai dit de venir ! hurla-t-il.

Elle aurait voulu s'incruster dans le mur ou disparaître par un trou de souris. Mais elle était là, figée, incapable du moindre geste qui eût pu la sauver.

Gilbert se leva d'un coup.

— Garce ! tu veux pas venir ? Alors, c'est moi qui viens !

D'un bond, elle passa de l'autre côté de la table. Souple comme un félin, Gilbert sauta, renversa la soupière, qui s'écrasa sur le parquet, et il se retrouva derrière Fanette. Il la saisit par la taille, pencha sa tête contre une épaule, commença de lui caresser un sein.

— Vingt dieux ! que c'est doux, une femelle !

La main se faisait lourde ; elle arracha les boutons du corsage, fila comme un serpent, descendit le long du ventre. Fanette avait l'impression d'une râpe qui lui aurait labouré la peau. Et puis, ce doigt, tout à coup, entré de force, et qui s'immisçait en elle, plus haut, toujours plus haut.

Gilbert déchira les vêtements de Fanette, ces empêcheurs d'aller où il voulait, puis se dépêtra des siens. Il soufflait fort, son haleine sentait le suint et la charogne, ses yeux étaient tout empreints de folie.

— Sur la table. Là, tout de suite, sur la table.

Il la pénétra furieusement. Elle se surprit à lui faire un collier de ses bras, à se dandiner, et même à accélérer la cadence. Il était au bord de l'extase, il rugissait, il allait manquer d'air.

Et cela partit comme un coup de fusil, et puis le corps de l'homme devint soudain plus pesant, immobile. A ce moment-là, elle-même, Fanette, était en train d'accoster aux berges du bonheur suprême.

Comme on sort d'un sommeil de plomb, Léon refit surface. Une longue brûlure tenace irradiait encore dans sa poitrine, et il hésitait à bouger dans la peur de réveiller ce mal qui l'avait brisé. Lentement, il tourna la tête et aperçut son fusil de chasse, par terre, tout près de lui.

— Gilbert ! Il est chez la Fanette !

Soudain lui revint en mémoire la dernière image d'avant sa chute dans les ténèbres. Oui, le diable était de retour, mais le fusil était là pour essayer de l'empêcher de faire des misères au pauvre monde. Il tendit le bras vers l'arme. Cette douleur sur tout le côté gauche...

Avec peine, Léon se releva, s'assit sur son séant, resta ainsi plusieurs secondes avant d'oser se mettre debout. Et puis, en s'appuyant au mur, il finit de se redresser. Ça tournait dans sa tête ; le plancher avait la bougeotte, on aurait dit un navire en haute mer au beau milieu d'une tempête. Baste ! il en avait vu d'autres et il faudrait bien que ça s'arrête.

Il regarda par la fenêtre. La nuit était tombée d'un coup et la faible ampoule électrique du village rendait plus flagrante encore l'obscurité des alentours. Alors, il se baissa pour ramasser son fusil, le chargea sur l'épaule et, sans prendre la précaution d'enfiler un lainage, il sortit, laissant grande ouverte derrière lui la porte de son atelier.

Le froid était vif. Léon frissonna. Le printemps est souvent traître en Livradois. Lui revint alors en mémoire le dicton de son enfance : « En avril, ne te découvre pas d'un fil. » Mais qu'importaient les vieux adages ? Ils radotaient, comme lui ; ils déparlaient, n'étaient plus adaptés à cette époque qui rendait fous les gens.

Arrivé sur le pont, il s'arrêta un instant, se pencha sur la Faye. Oh ! oui, plonger dans la rivière glacée, se laisser emporter par l'onde, courir ainsi pour toute l'éternité. Son mal de poitrine venait de se réveiller. Allons ! qu'au moins sa vieille horloge de cœur tienne le choc jusqu'à ce qu'il ait fait ce qu'il devait. Après, à la grâce de Dieu...

Léon huma le vent de la montagne. Il émanait de lui des fragrances de terre, de bruyère, de sauvagine, tout ce qui allait disparaître de son monde. Et d'ailleurs, lui-même, très bientôt, serait terre, et bruyère, et sauvagine, aspiré dans un néant qu'il redoutait et appelait tout à la fois.

Un cri à la maison de Fanette ramena Léon à la réalité. Son cœur battit plus fort, lui provoquant comme une déchirure. Il saisit son arme, positionna l'index sur la détente et approcha de la source de lumière falote qui luisait à la fenêtre de sa voisine. Chacun de ses pas, alors, fut une douleur.

Le nez collé à la vitre, il chercha d'abord à comprendre. Le vieux bouc lubrique ahanait sur Fanette. La poitrine, sa poitrine allait exploser. Son cœur malade voulait fuser hors de la cage thoracique. Il ne pouvait en supporter davantage. Sans doute, Fanette, son amie, l'appelait à l'aide.

Mais ce n'était plus Fanette, cette femme qui se trémoussait sous le mâle. Non, c'était une autre, une personne jeune et belle, et qu'il n'avait plus vue depuis si longtemps. Voilà, c'était l'Antonine. Elle était revenue elle aussi, ensorcelée par ce diable, sans doute.

Léon se traîna jusqu'à la porte qu'il poussa d'un coup d'épaule, resta appuyé contre le chambranle. Sa vue se brouillait, des étoiles filantes se poursuivaient à toute vitesse, un essaim d'abeilles s'acharnait contre ses tympans.

Putain ! tu vas voir ! Rouchon, t'es un salaud ! Je vais te faire aller rejoindre Lucifer, ton maître des ténèbres. Attends un peu, mon lascar !

Léon épaula. Saloperies d'étoiles qui m'empêchez de viser. Poussez-vous, nom d'un chien !

Il ferma un œil. Ça cognait fort dans sa nuque. Branle-bas de combat dans tout son corps. Bruit de mitraille, rafales automatiques. L'index trembla un peu, se stabilisa sur la détente, se décida enfin.

Le coup partit, point d'exclamation au dernier battement de cœur de Léon. A quelques mètres, le diable d'Espinasse s'écroula sur Fanette en épandant en elle son venin.

Et il riait, immobile, de toutes ses dents gâtées.

ÉPILOGUE

« Adorable sorcière, aimes-tu les damnés ?
Dis, connais-tu l'irrémissible ?
Connais-tu le Remords, aux traits empoisonnés,
A qui notre cœur sert de cible ?
Adorable sorcière, aimes-tu les damnés ? »

Charles BAUDELAIRE
Les Fleurs du mal (L'Irréparable).

Janvier est au rendez-vous. C'est une nouvelle année. Ce matin, il tombe du grésil. La campagne est un immense gâteau que les nuages sucrent. Qu'est-ce que ça fait comme bruit sur la toiture !

Mon fils Cédric est reparti hier dans son nouveau collège, à Clermont. Il ne reviendra qu'à Pâques. A son retour, son demi-frère aura trois mois. Je voudrais tant qu'ils s'entendent bien, plus tard. Est-ce que ce sera possible ? Il est tellement entier, Cédric ! Tout le portrait de son père, de jour en jour davantage.

D'abord, il n'a pas compris quand je lui ai annoncé la nouvelle.

On peut aimer deux fois. Oui, sans doute, c'est possible. Mais, évidemment, Cédric refuse de l'admettre. Peut-être un jour, plus tard, il me jugera avec moins de sévérité.

Je vais souvent sur la tombe de Léon. C'est sûr, il croyait bien faire. Pauvre Léon ! Lui non plus n'a pas dû tout comprendre.

Ah ! ce grésil ! On dirait que le ciel est en colère.

*

Ce matin, il neige. Mon ventre est lourd. J'ai peine à porter les bûches de châtaignier. Tout à l'heure, j'ai failli m'étaler de tout mon long sur la glace de la cour.

Mon enfant...

Tu bouges de plus en plus fort dans mes entrailles. Peut-être es-tu pressé de sortir.

Mais cette neige ! Vois-tu, il faudrait que tu attendes encore un peu, que tu attendes des jours meilleurs.

*

L'adjudant est passé en début d'après-midi. C'est vrai, il m'a prise sous sa coupe depuis le drame d'avril. Je crois que c'est un brave homme. Pourtant, lui non plus, il y a des choses qu'il ne comprend pas. Quand je pense qu'il voulait que j'avorte !

Je lui ai offert un café, il a pris le temps de le boire et a fumé trois cigarettes. Je crains de plus en plus l'odeur du tabac froid. Aussi ai-je été obligée d'aérer après son départ. Je crois bien que j'ai attrapé un rhume. Il ne manquerait plus que ça !

*

Ça y est, ce matin, j'ai réussi à me lever. Depuis trois jours, je gardais le lit.

Régine est venue me voir. Elle pense souvent à moi. Elle est parvenue à me faire toucher la prime de chômage. Ça m'aide bien, c'est sûr.

Son mari, le René Gouttebel, n'a toujours pas trouvé d'acquéreur pour son exploitation. C'est invendable, ces machins-là. Pour ce qui est de Régine, elle a pas changé. Toujours aussi fofolle ! Elle m'a avoué qu'elle continuait de voir Manuel en secret. Le René, il a de ces cornes !

*

13 janvier. La neige a fondu. C'est la gadoue dans le village. J'ai bien mal au ventre ce matin. Oui, j'arrive bientôt à mon terme. Tiens, voilà le facteur.

C'était une lettre du collège de Clermont. Cédric est collé huit mercredis d'affilée pour indiscipline. Décidément, il ne changera pas !

L'idée de ne plus être fils unique le travaille. Alors, il se fait remarquer. Logique.

*

Je suis allée sur la tombe de Léon en cette fin d'après-midi. Léon m'a dit que j'aurais jamais dû garder le bébé. Il est drôle, Léon ! D'abord, ça n'est pas son problème ! Je le lui ai dit et il était très en colère. Je l'ai compris à cause de ce grand corbeau noir qui planait au-dessus de ma tête en faisant « Croa ! Croa ! » Tant pis, j'agis à ma guise. Et puis, lui non plus, il ne m'avait pas demandé mon avis quand il a tiré sur Gilbert. Non mais, des fois !

Après, je suis allée voir la Germaine et le Pierre Barland, trois caveaux plus loin. La Germaine aussi, elle est montée contre Gilbert. Normal, remarquez, il a tenté de la violer, qu'elle m'a dit. Quoique, à l'âge qu'elle avait alors et faite comme elle l'était, elle aurait dû être plutôt flattée !

Enfin, voilà, je suis ressortie du cimetière avec les oreilles pleines de ces râleurs. A cause d'eux, j'en ai même oublié d'aller me recueillir sur la tombe des parents et de Jacques. Jacques !

★

C'est Marielle et Gilles qui m'écrivent ce matin. J'en ai un peu marre de ces donneurs de leçons. Je pense de plus en plus qu'ils sont jaloux parce qu'ils n'ont pas pu avoir d'enfants. Je leur répondrai pas. Zut !

★

On croit que les jours rallongent en janvier. C'est sûrement vrai. Pourtant, ce soir, la nuit est arrivée d'un coup. J'ai froid. Je me sens seule. Si j'avais le téléphone, j'appellerais Marielle. Elle saurait me remonter le moral. Elle a toujours été bonne pour moi.

Le vent s'engouffre sous la porte, refoule la fumée dans le conduit de cheminée. C'est un vent de débâcle, il crie sa colère. Ça provoque des frissons partout dans le corps. Quelle furie !

Tiens, je suis allée pousser le verrou de la porte.

Juste après, j'ai eu une très forte contraction. Mon Dieu, que ça fait mal ! Pour la naissance de Cédric, j'avais pas le souvenir que c'était aussi douloureux. On oublie vite.

★

Jacques... Je te revois, cette nuit. Je suis couchée dans le noir, Jacques, avec juste une petite bougie à côté de moi. La flamme tremble. Le vent fou a dû faire tomber des branches sur les fils électriques et c'est la panne générale.

Jacques... J'ai peur de te retrouver, de tout t'expliquer. Toi, tu as compris, je sais, et c'est pour ça que tu ne pourras jamais me pardonner.

Jacques... Je t'aime encore, Jacques.

*

Les lueurs de l'aube arrivent. La poche des eaux s'est percée. Mon fils s'appellera Gilbert.

Je...

*

Ça y est, il est là. Qu'il est laid, ce petit bout d'homme tout gris, tout ridé et luisant !

Je me suis assoupie. A mon réveil, Gilbert me regardait avec les yeux d'acier de son père. L'épée de ces yeux-là me transperce.

Je suis si faible pour me lever. Arrête de me fixer ainsi !

Je souffre. Je m'en vais, je tombe, je me vide de mon sang.

Léon lève un bras vers moi, il m'appelle. Dans chacune de ses mains, il brandit un sabot. Ses lèvres prononcent quelque chose. Il est trop loin pour que j'entende. Là-bas, au bout du tunnel, dans la lumière blanche, il s'éloigne.

Et ses mots rebondissent à rebours : « Le ver... Le fruit... »

Attendez-moi, Léon. Je veux plus voir mon fils, il est trop laid, trop gris, trop sale. Je viens vers vous, Léon. Je regrette. Je regrette. Oui, c'est ça, vous aviez raison, Léon, quand le ver est dans le fruit...

TABLE

Achevé d'imprimer en septembre 1994
sur presse CAMERON
dans les ateliers de la S.E.P.C.
à Saint-Amand-Montrond (Cher)

Dépôt légal : septembre 1994.
N° d'impression : 2326.

Imprimé en France